家族戦争

うちよりひどい家はない!?

西舘好子

GENTOSHA

序

私にとっての「家族戦争」

喜寿を過ぎ、私は激しく通り過ぎた人生を反芻《はんすう》しています。

そして、あの日、あのとき、夢中で過ごした歳月は、なるほどこういうことだったのかと理解を深めています。

過去に対して悔しいとか、許さないといった愛憎は超えています。

私にとっての「家族戦争」は、その中心に、いつも元夫の井上ひさしさんがいました。二人が一緒になった一九六〇年代から七〇年代にかけては、食べていくために必死で戦っていました。今思えば、あれほど一生懸命になれた時間はなかったと思います。なんであんなに三日三晩寝ないで、机にしがみついていたのだろうと思います。

夢中で過ごした二十年のあいだに、私たちは、作家の仕事という井上さんの夢を叶えることができました。そして二十年目の節目に、さらなる夢を実現させようと、彼の戯曲だけを上演する制作集団「こまつ座」を旗揚げしました。

しかしそれは、社会に向かって戦っていた二人が、お互いに刃を向ける内戦に転じるきっかけにもなりました。

夫婦の抜き差しならない内戦は、あっというまに家族を崩壊させました。

私たちの離婚はメディアに大きく報じられ、私は世間の批判に曝《さら》されました。

今から三十年あまりも前のことです。

不思議なことに、忘却の彼方にあったはずの過去は、歳を取るにつれてますます存在が大きくなっています。頻繁に思い出されて、夜、夢を見て、眠りから覚めることもあります。

私の過去は後悔だらけです。

この本を読む人は、「こんなにすさまじい家族戦争もあったのだな」「あんなふうにはなりたくない」と思うでしょう。

私たちは欠陥家族の典型でした。

私たちのさまざまな失敗から、「家族」とは何かが見えてくればいいと思っています。


それにしても、これまでほんとうに濃密な人生を送ってきました。

でも、人生の最後は、さらりとした死にかたをしたいと願っています。

長女は、私の悪口を妹たちと言い合いながら、賑やかに見送りたい、と数年前に本に書いていましたが、そうなればいいなと私も思っています。

みんなが私の悪口を言っているあいだに、息を引き取っている。

さも自分らしい終わりかただと思っています。

あんなふうにはなりたくない。
さまざまな失敗から、
「家族」とは何かが見えてくる。

井上家は後悔だらけの欠陥家族だった。

家族戦争

目次

第二幕　神よ！　悪魔よ！　原稿よ！　家族の全盛期

第三幕

悩み苦しんだ親子の巣立ち　家族の衰退期

第四幕　切っても切れない深い結びつき　家族の晩期

装幀　石間淳
装画　ゲルマン佐藤　時
DTP　美創
構成　佐藤美和子

第一幕

異なる夫婦のどっちもどっち

家族の黎明期

夫婦喧嘩は一生ついてまわる

男女が出会った頃の喧嘩は、別れるその日までずっとつきまとう、ということを私は別れてから気づきました。

私と井上ひさしさんは、非常に短い間に惹《ひ》かれ合って、出会ってまもなく一緒に暮らすようになりました。一九六一（昭和三十六）年のことでした。日本は高度成長期で、家賃は一畳一千円の時代です。

彼は、「物を書きたい」という夢を持っていて、私は、わからないけど、面白そうだし、ひょっとしたら大物になるかもしれない。彼の夢に賭けてみようと本能的に思い、私たちの出会いは、瞬く間に「よし、やろう！」という気合いに変わって、突き進みました。

「これはちょっと、お互いに違うなあ」という喧嘩の種は、一緒に暮らしてから気づきます。私たちが初めて新年を迎えたときの喧嘩は、お雑煮でした。

お雑煮は、夫婦の揉《も》めごとの定番だとも言われています。

地域性があり、各家庭によっても味が異なるので、子どもの頃から慣れ親しんでいるお雑煮の味ではないと、つい夫は小言を妻に言います。

浅草生まれの私は、お澄まし仕立てに小松菜、人参、鶏肉、三つ葉の入ったお雑煮を井上さんに出しました。

「下町の人間は、こんな貧しいお雑煮を食べているんだ」

自分の家が見下されていると感じた私はカチンときて、喧嘩になってしまったのです。彼は山形育ち。山形のお雑煮といえば具だくさんだったのです。

ほかにも、井上さんは鍋という鍋を否定しました。今日は寒いから寄せ鍋にしよう、と誘ってもダメ。みんなで箸を入れる行為が、不衛生に感じるらしく、子どもの頃から一切、受けつけないことがわかりました。

最大の喧嘩は祭り行事でした。

浅草生まれの私にとって、三社祭、神田祭などは子どものときからの恒例の楽しみです。それを彼は咎《とが》めます。

「なんであんなに不合理でみっともないことをするの？」

「重いものを担いで、疲れて、わっしょいやって、何なの？」

確かに不合理といえば、不合理。浮かれる私を冷たい目で見ていました。

彼は祭りを大の苦手だと言い、目の前で繰り広げられても、かたくなに溶け込もうとはしませんでした。祭りにかぎらず、法事などの冠婚葬祭、正月などの年中行事、一切の行事を却下しました。

私たちの失敗は、お互いの生い立ちを理解せずに、一緒になったことでした。どのように育ったのか。いい悪いではなく、その人の原点は育った家庭環境にあります。それがあまりに違うと、喧嘩の種になります。

私たちの場合は、見事なまでに違いました。

浅草の賑やかな土地で育った私と、東北の寂しい土地で育った井上さん。

仲がいい家族のなかで育った私と、孤児同然に育った井上さん。
妻は、好きな夫であれば、結構、柔軟に対応できるのではないかと思います。
しかし、夫という種族は、加齢とともに本来の地金が出てきます。
私は、最後まで井上さんの生い立ちを理解していなかったのです。

喧嘩の種は、
お互いの生い立ちを
理解していない
ことに起因している。

出会った頃の喧嘩は
別れるその日までずっと続いた。

天と地ほどにかけ離れていた

お金に関する最初の喧嘩は、新婚生活を送ったアパートの家賃をめぐってのものでした。住所もしっかり記憶しています。新宿区牛込弁天町二十七番地です。井上さんが、寿司屋の二階に、台所付きの六畳一間で共同トイレという物件を見つけてきました。月々の家賃は、六畳分が六千円で、共同トイレの使用分が五百円。私は、キリのいい六千円で大家さんに交渉しよう、と言いました。すると、彼は交渉すること自体を嫌がり、私が代わりに交渉すると言っても、断固反対しました。交渉する、しない、で大喧嘩になりました。

この頃の私たちは、ほんとうにお金がありませんでした。このままでは野垂《のた》れ死にすると思った私は、この喧嘩をきっかけに、それぞれの役割を分担することを提案しました。井上さんは書くことだけに専念して、私は交渉と連絡、そして家計を預かることにしたのです。

しかし、雨降って地固まるとはなりませんでした。

井上さんが家計に口出ししてくるたびに、喧嘩になったのです。

ある日、何かのことで、私は「金のないのは首のないのと同じ」（歌舞伎『恋飛脚大和往来　封印切り』の台詞）と言い放ちました。

その言葉に彼はいたく傷ついたらしく、ずっと根に持っていました。後日、別の喧嘩のときに、それを持ち出してきました。ところが、私は、ポンポンと言葉を口にするのですが、自分が言ったことはいちいち憶えていません。私が憶えていないことに、井上さんは腹を立てて喧嘩が大きくなりました。

お金のなかった頃は、お金がないから喧嘩をするのだと思っていました。お金がないのがいけない、と。ところが、のちに井上さんが売れっ子作家になり、お金があっても、私たちの喧嘩が収まることはありませんでした。

千葉県市川市に新築の家を建てたとき、家は駅からタクシーで一千円もかからない場所にありました。井上さんは毎回一万円札を出して「お釣りはいらない」と言いました。一千円ならわかりますが、さすがに一万円はない！　と私は怒り、お釣りをもらおうとするたびに、タクシーのなかで喧嘩になったのです。

お金があったらあったで、二人の使い道は天と地ほどに違いました。

彼は、高級ホテル内の一流ブランド店で洋服を買っていました。数十万円も支払っているのを、私は心のなかで「バカみたい！」と思いながら見ていました。

私は高級ブランドは買いません。しかし彼から見ると、私は安物買いの銭失い。安い物をたくさん買ってきて、使わずに放置していたことがよくありました。彼も心のなかで「バカみたい！」と思っていたようです。

お金の使い道については、つい言いたくなっても、見ざる、言わざる、聞かざる。少しでも喧嘩の数を減らすために、私たちはお互いを尊重して、堪《こら》えることにしました。それにしても、私たちはすべてにおいて、性格、育った環境、家族や人との付き合い、物事の価値観、何もかもが大きく違いました。あまりにもかけ離れていたから、出会った当初は、それを魅力に感じたのでしょう。

恋愛は、自分が生涯頑張っても手に入らないものを持っている相手を好きになると言います。大げさに言えば、自分の遺伝子にないもの。多少違う程度だったら、すぐにわかったような気分になって、ああそうか、ですぐ飽きてしまうからです。しかし皮肉なことに、天と地ほどに違うから強く惹かれ、天と地ほどに違うから、付き合うほどに修復しようのない溝も生まれました。

井上さんは、ときどきは気を遣って、私に高級ブランド服を買ってきてくれました。ところが、軍服のようなファッションで、どれもまったく私に似合わないものばかり。なんと服の趣味も合うことがなかったのです。

つい言いたくなっても、
見ざる、言わざる、聞かざる。
お金の使い道は
お互いを尊重する。

夫婦は、
天と地ほど違うから強く惹かれ、
天と地ほど違うから溝が生まれた。

家族が生きるための命の戦争

私と井上さんは、浅草へよく一緒に出かけていました。

私は、浅草寺のすぐ横の馬道に生まれ育ちましたので、浅草は自分の縄張りです。二人で散歩して、地元の有名人に出会えば井上さんに紹介し、浅草演芸ホールで落語を聞いたり、浅香光代さんと不二洋子さんが全盛期の女剣劇を観たり、今は廃館した大勝館で映画も観ていました。

井上さんもまた、学生時代に浅草フランス座の座付き作者をしていました。浅草は、永井荷風が浅草を舞台にした歌劇や演劇を書いてからというもの、物書きを大事にする気風があります。彼は、浅草で生活する人々とその大衆娯楽に大きな影響を受けていました。

のちに彼が書いた芝居『日本人のへそ』（一九六九年）では、浅草ロック座オーナー、斎藤智恵子さんの話が参考になりました。浅草の名物ホームレスのキヨシさんは、短編小説『イサムよりよろしく』（一九七四年）と戯曲『浅草キヨシ伝　強いばかりが男じゃないといつか教えてくれたひと』（一九七七年）のモデルになりました。

井上さんの初期の作品は、ほとんどがこのような大衆娯楽でした。

彼は膨大な資料をもとにして書くので、その資料集めは、私が一手に引き受けていました。彼の夢に賭けていた私は、同志として作品づくりに関わり、筋書きはもちろんのこと、場面設定、登場人物の名前にも意見して、ときには激しい喧嘩もしました。

たとえばこんな具合です。まず原稿を読んで、面白くないと思えば面白くない、と正直に言います。二人の女性の登場人物名が「さゆり」と「ゆりこ」だったら、なぜ「ゆり」が重なるのかと指摘します。彼は「さゆり」を「とみこ」に変えますが、人物のキャラクターに「とみこ」は合わない。再び、「とみこ」は違う、と言うと、喧嘩が始まるのです。

私たちには生活がかかっていましたから、原稿一枚でも必死でした。父からその日暮らしのお金をもらいに行く私を、彼は忸怩《じくじ》たる思いで見ていたと思います。二人とも、納得がいくものをつくりたかったので、作品をめぐっての喧嘩は日常茶飯事でした。

私たちが抱いた夫婦のかたちは、夢を共有して同志として歩むことでした。私の性格からしても、食事を用意して夫の帰りを待っていることには向いていませんでした。

若かった頃の私たちは、今日のご飯が食べられるかどうか。社会のなかで命の戦争をしていました。人間が生きることの基本は、命の戦争だと私たちは考えていました。

生きるということは、社会のなかでの命の戦争だと考える。

夢を共有し、同志として歩む夫婦のかたちを持った。

夫婦のほどよい距離感

私たち夫婦は、寝ているとき以外は仕事中心の生活でしたから、それは濃密な時間をともに過ごしていました。二人で散歩に出かけても、会話は物語の筋書きなど仕事のこと。井上さんは、四六時中、本を手離さず、お風呂場でもトイレでも本を読んでいましたので、私はお風呂場とトイレに書棚をつくりました。

夫婦のあいだには距離がありませんでした。のちに井上さんが「君は僕、僕は君」と言いましたが、まさに一心同体だったと思います。

しかし、一心同体はいいときはいいのですが、裏目に出ると、地獄を見る諸刃《もろは》の剣《つるぎ》です。あらためて周囲を見まわすと、距離感が原因で、多くの家族に争いが起きていることに気づかされます。

家族は一緒に暮らしているからこそ、お互いの痛いところがわかります。これを言ったら相手は逆上する、この言葉は腹に据えかねる。越えてはならない最後の一線があります。しかし怒りにまかせて、つい、その一線を越えて取り返しのつかない事態を招いてしまいます。

死んでも言うな、ということを、家族が互いにバンバン言ってしまうのは、家族だから言ったっていいじゃない、という思いが心のどこかにあるからです。そして言うほうは、突然言っているわけではなく、積もりに積もって、抑圧されてきた末に爆発させています。

これが他人同士だったら、そのまま関係を終わらせるだけですが、家族はそうもいきません。私たち夫婦の失敗は、一心同体がゆえに怒りの矛を収める術《すべ》を見《み》出《いだ》せなかったことだと思います。

昔の人は、「夫婦は刃物と刃物がぶつかれば互いを傷つけ合う。刃物を出されたら、それを真綿で包むだけの度量を持ちなさい」と言って戒めましたが、私たち夫婦はそこまで高い徳は持ち合わせていません。

失敗した私が言うのもなんですが、一線を越えそうになったら、さっと自分の気持ちを心の別の部屋に移してしまう。本を読んだり、映画を観たり、音楽を聴いたり、何でも好きなことをするといいと思います。高ぶった気持ちを無理やり抑え込むことは難しいので、自分で自分の気持ちを逸《そ》らすのです。そして、怒りで固まった気持ちがほぐれてから、振り返ります。家族のあいだに情が残っているうちは、なんとかやり直すことができるでしょう。

しかし、言うは易く行うは難し。

やはり、家族といえども、ほどよい距離感を保つことが先決だと思います。

夫婦生活二十五年、それができなかったから、私たちはしまいには離婚しました。

刃物を出されたら、
それを真綿で包むだけの
度量を持つ。

一心同体の夫婦には距離がなく、
怒りの矛を収める術を見出せなかった。

尽くすと裏切るは同じこと

私のことを、明日をも知れぬ物書きの夫に尽くす妻、と見ていた近所の人がいました。井上さんの仕事を手伝うために、私が生まれたばかりの長女をおぶって、浅草の実家へ預けに行くと、「子どもなんかできて大丈夫なの？」と心配そうに声をかけてきました。

私には、尽くすという感覚は、後にも先にもありませんでした。自分の置かれていた状況を、ただ面白がってやっていただけでした。

そもそも尽くすという気持ちを家族に抱いてしまったら、見返りを期待していることになりますから、裏切られたという気持ちを持ってしまいます。

尽くすと裏切るは、同義語だと私は思っています。

演歌の世界でも、尽くした女性ほど、最後は哀れな姿で涙を流します。

夫婦のあいだで、「今日、何時に帰るの？」「あなたの好きなものをつくったわよ」「あなたのために、昨日は徹夜してアイロンがけをしたわ」と、いかにも尽くしています、という含みを妻が持たせたら、私が夫だったら逃げ出したくなります。さりげなくやっておけばいいだけのことで、井上さんも、尽くされることは嫌っていました。

家族のあいだに、尽くすという思考を持ち込むのが、そもそも間違いだと私は思っています。家族との時間を面白がって付き合っている、というスタンスがうまくやっていくコツだと思います。

私がこれまで見てきたかぎり、尽くす女性に、いい女は一人もいたことがありません。嫌な女性ほど、業が深く、尽くすきらいがあるように思います。私がよく目にしたのは、好きになった男性にお弁当をつくって渡す女性です。関係は長続きせず、男性のほうは重く感じていました。

妻の家族への愛情は、自分の時間を家族に当てることで示しています。

でも、その時間は、本人も楽しくてやっていることが肝要です。知恵を働かせて自分も楽しむ。それが家族への最大の愛情表現だと、私は思います。

知恵を働かせて自分も楽しむ。
それが家族への最大の愛情表現。

尽くすという気持ちを家族に抱いたら、
見返りを期待していることになる。

だけどボクらはくじけない

私たちの生活が楽になったのは、ＮＨＫで人形劇『ひょっこりひょうたん島』の月曜から金曜の帯番組での放映が決まってからのことでした。

『ひょっこりひょうたん島』は、井上さんが家の近所の銭湯に入っているときに思いついたもので、スポンジを湯船に浮かべて、「こんなふうに流れていく島はどうでしょう」と、一緒に銭湯に入ったＮＨＫの人形劇『チロリン村とくるみの木』の制作担当者に提案したことが始まりでした。その後、紆余曲折を経て、『チロリン村とくるみの木』の後継番組となったのです。

ひょうたん島は、子どもたちと引率の女性教師を乗せて海原を漂流しますが、家族の話は一切出てきません。子どもたちはみな孤児で、お互いに血縁関係のないなかで、自立していく物語です。

原作は井上さんと、児童文学者で『おかあさんといっしょ』の放送作家だった山元護久さんの共作でした。偶然にも、二人が家庭に恵まれずに育ったことが、私は幸いしたと思っています。二人には回帰したい懐かしい家庭がなかったから、ひょうたん島は何年もずっと、漂流し続けることができたのではないかと思うのです。

長寿番組になったので、『ひょっこりひょうたん島』の主題歌と、ひょうたん島の大統領が歌う「ドン・ガバチョの未来を信ずる歌」は、今も憶えている人が多いようです。

夢に向かって突き進んでいた井上さんの思い、高度成長期だったあの時代の空気感が歌詞に反映されていたと思います。

『ひょっこりひょうたん島』主題歌

（作詞　井上ひさし・山元護久　作曲　宇野誠一郎）

波をちゃぷちゃぷちゃぷちゃぷかきわけて（ちゃぷちゃぷちゃぷ）
雲をすいすいすいすい追い抜いて（すいすいすい）
ひょうたん島はどこへ行く
ボクらを乗せてどこへ行く（うううーううううー）

丸い地球の水平線に
何かがきっと待っている
苦しいこともあるだろさ
悲しいこともあるだろさ
だけどボクらはくじけない
泣くのはいやだ　笑っちゃおう

進め！
ひょっこりひょうたん島
ひょっこりひょうたん島
ひょっこりひょうたん島

「ドン・ガバチョの未来を信ずる歌」

（作詞　井上ひさし・山元護久　作曲　宇野誠一郎）

（前半部分　省略）
今日がダメなら明日にしまちょ
明日がダメなら明後日にしまちょ
明後日がダメなら明々後日にしまちょよ
どこまで行っても明日がある　ホイ
ちょいちょいちょいちょーいのドンガバチョ　ホイ

作詞をしていたときの井上さんは頻繁に、アメリカから高価なレコードを取り寄せていました。

「ホワイト・クリスマス」「サイレント・ナイト（きよしこの夜）」など多くの不朽の名曲を歌ったビング・クロスビー[*1]や、「ムーン・リバー」「モア」の歌手アンディ・ウィリアムス[*2]、「ティファニーで朝食を」の作曲家ヘンリー・マンシーニ[*3]など。なかでもミュージカル映画『雨に唄えば』（一九五二年）の影響は、大きかったと思います。歌詞が面白い、と言って絶えず聴いていました。

やがて次女を身ごもった私は、心置きなく出産ができる、と安心したことを憶えています。そして嬉しいことに、次から次へと仕事の依頼も来て、忙しくなりました。お金の交渉ができない井上さんは、どこへ行くにも、私を連れて行きましたので、この頃から、私もめまぐるしい日々を送るようになりました。

＊1　ビング・クロスビー（一九〇三～七七年）
＊2　アンディ・ウィリアムス（一九二七～二〇一二年）
＊3　ヘンリー・マンシーニ（一九二四～九四年）

今日がダメなら明日、
明日がダメなら明後日、
どこまで行っても明日がある。

『ひょっこりひょうたん島』の
仕事がきっかけとなって忙しくなった。

父親から離れられない三人の娘

次女が生まれてから二年後、末娘にも恵まれ、私たちは娘三人の五人家族となりました。家では娘たちを自由にさせ、甘やかすだけ甘やかしていました。

井上さんが直木賞を受賞したのは、ちょうど、長女と次女が小学生で、末娘が幼稚園児のときでした。流行作家として、勢いに乗っていました。

何でも買い与えていたのではないでしょうか。

彼は、物事を表現できない人間はダメだ、という考えだったので、買ってほしい物があるときなど、用件は何でも紙に書いて渡す決まりになっていました。そして本やビデオなどは、たとえそれが店一軒分の量であろうとも、一切文句は言わない、という主義でした。

井上さんは、筆が乗らないときは、長女と次女を書斎に呼んで、一緒に遊んでいました。しかし、いったん集中すると娘であっても近づけません。物音一つ立てることが禁じられました。それは結婚した当初から変わらず、まだ乳児だった娘が泣くと、私は冷たい雨が降りしきる夜半であっても、娘を抱いて外出したものです。

仕事に入ると、彼は狂気の沙汰になりましたから、厳格に娘を排除する父親になり、それ以外のときは、娘にベッタリと擦り寄る父親になりました。長女と次女は、その両極端の繰り返しに、翻弄《ほんろう》されていたと思います。

本来、思春期になれば、親離れ、子離れがあってしかるべきだったのですが、そのようなことで、父と娘はそのタイミングを逸《いっ》しました。

二人の娘は、父親に反抗したことがなく、そのまま社会人になりました。とうの昔に子を持つ親となりましたが、特に次女はパパっ子で、永久にそこから抜けられずにいます。長女は「こまつ座」の仕事のことなどで、父親とのあいだに誤解とわだかまりが生じ、そこで初めて父親から断絶されました。ちょうど井上さんが末期の肺がんに侵されていることがわかったときでした。

父親から断絶されたとはいえ、死を前にして娘に会いたくないわけがない、と思った長女と次女は、一緒に井上さんの入院先に駆けつけました。しかし、彼女たちの面会は許されず、数か月後に井上さんは亡くなりました。

父親とベッタリ、蜜月の思春期を過ごした二人の娘は、皮肉にも、父親から断絶されたままこの世に残されてしまいました。

はかり知れないトラウマを抱えています。

一方、末娘は、井上さんが大事にしていた「こまつ座」の座長を長女から引き継ぎ、父親の最期にも立ち会いました。

彼女は、小学生のときに私たちの夫婦喧嘩を見て、二年間、父親から離れ、一切、口を利きませんでした。井上さんのほうが、手を替え品を替え、末娘のご機嫌を取っていました。距離が縮まったのは、井上さんが近鉄バファローズの三原脩監督の大ファンだった彼女を、試合に連れて行ってからのことでした。

親離れ子離れを経て、末娘が父親と膝を交えて話すようになったのは、父親の最期の約半年間でした。そして、現在、死の直前に託された父親との約束を果たすべく、「こまつ座」の運営に奔走しています。

私たち家族の失敗例からもわかるように、親子は、最も身近な関係だからこそ、離れなければならない時期があると思います。

子が親から離れる時期、親が子から離れる時期。

そうした時期を経ないと、親も子も成長ができません。

社会人になってから、親子関係が断絶すると、その修復はたいへんです。

最悪、時間切れになってしまうことだってあります。

親離れ、子離れは必要。
長すぎる蜜月は、
お互いの成長を止めてしまうだけ。

親離れしなかった長女はトラウマを抱え、
次女はパパっ子から抜けられずにいる。

三人三様で自分の居場所を探す

私たちの、親としての許されざる失敗は、娘たちの教育です。

井上さんは「学校へは行かなくてもいいから本を読め。好きなことをしろ」という考えでした。学校教育に縛られた大人になるのではなく、自分の才能で生きてほしいという願いからでした。私も、その考えに同調していましたが、「友だちをつくる場でもあるから、学校へは行きなさい」という思いもありました。

当然のことながら、長女と次女の二人は、学校へ行くよりも、家で本を読んだり、遊んでいるほうが楽しい。井上さんの言いつけを守って、小学校高学年からあまり行かなくなり、私が、学校へ行かせようと無理やり引っ張ると、電柱にしがみついて「行きたくない」と泣き叫びました。

ある日、次女が家にいるのを見つけたので、私は、廊下に立ちはだかって「いらっしゃい、ちょっと話がある」と言いました。私にぶたれると思ったのか、彼女は素早く頭に座布団を被《かぶ》って、おそるおそるやってきました。

「何を考えているの」と私が怒っていると、突然、背後から私の頭を思いっきり殴る人がいました。どこから現れたのか、井上さんが分厚い本を手にして立っていました。目が眩《くら》み、頭が痛くてふらふらしながらも、私は声を上げました。

「何をするの？」

「なんで怒るんだ」

「学校へ行かせたいからよ。行かせなきゃいけないの」

「行く必要ない」

その後、自分たちのことで、両親が喧嘩をするのを見たくなかった長女と次女は、私の前では「行ってまいります」と学校へ行くふりをして、「大丈夫よ、学校へは行っていませんよ」と、そっと父親の書斎に入って、過ごすようになりました。学校に持っていくお弁当は書斎の裏の書庫で食べて、本を読んでいました。

そんな姉二人の姿を見て、末娘は反動で、真面目に学校へ通っていました。早朝五時に登校して、早すぎると校門で帰されたほどです。

両親の教育方針がブレると、子どもはどうしたらいいのか、わからなくなってしまいます。娘たちは三人三様で、自分たちの居場所を探していました。私たちは、彼女たちの自発性を重んじていましたが、もっと導いてやったほうがよかったのかもしれないと思うこともありました。

のちに、学校へ行かせなかったのは自分の過ちだった、と井上さんは認めていましたが、姉二人はずっと一緒に過ごしていましたので、今も社交はあまり得意ではないと言っています。

「学校へは行かなくてもいいから、本を読め。好きなことをしろ」親の教育法は間違いだった。

両親の教育方針がブレるなか、娘たちはそれぞれの居場所を探した。

子どもが親を超えたとき

子どもが自立するまでの短いあいだだけが、家族を家族たらしめているのかもしれません。子どもが小さいうちは、家族の関係は密接で、みんなが同じ人生の方角を向いています。

私たち家族は、家族のための家庭ではありませんでした。井上さんの作品をつくるための家庭でした。

娘たちが犬を飼いたい、と書いたメモを井上さんに渡せば、犬を飼えば物語が書ける。よし、それなら犬を飼ってもいい、と私たち夫婦は判断していました。

家には、絶えず第一線のメディアが出入りし、頻繁に国内外の著名人も訪ねてきました。時代の寵児《ちょうじ》として井上さんはもてはやされ、私たちの家庭はあたかも世のなかの表舞台にいるような、そんな特殊な空気がありました。

特殊だったにもかかわらず、

「よそはよそ、うちはうち」

私たちは盤石な信念でそれを肯定して、娘たちに接していました。

そうした特殊な家庭環境に、娘たちを置いてしまったことは、私の大きな後悔として残っています。さらに、私も井上さんも、自分たちが貧しくて苦労をしたので、せめて娘たちには金銭的な苦労をさせたくないと、甘やかして育てていました。娘たちに贅沢をさせることで、自分たちの務めを果たしたような気分になっていたのも大失敗です。

しかし過ぎてしまったことはどうしようもない。開き直るしかありません。子育てを完璧にやり尽くした、子育てに成功した、と言える親なんて、そういるものではない。誰しもが、もう少しこうすればよかった、この部分は失敗したかもしれない、と思っているに違いないと思うようにしています。

子どもに愛情をかけて、可愛がったつもりでも、案外、間違って子どもに伝わることもありますし、完璧なんていう言葉はどこにもない。私たちの子育ては間違いだらけでしたが、それをどう受け止めて自分の人生にしていくかは、子ども自身にかかっている、と考えるようにしています。

親が子育てを完璧にやり尽くした、と感じることができるのは、子どもが親を超えたときだと思います。こんなに立派になったのかと、子どもを見上げることができたときです。

でも、親を超えないまでも、子どもが「私は私の足で立っている」「私は私で生きている」と言ってくれたら、それだけで子育てに成功した、と言ってもいいのではないかと私は思っています。

子育てに完璧なんていう言葉はない。
「私は私の足で立っている」
と子どもが言ってくれれば、
子育ては成功。

家族のための家庭ではなかった。
作品を書くための家庭だった。

夫婦二十年の総決算

小説、書きます。エッセイ、書きます。脚本、書きます。

井上さんは「言葉の魔術師」と謳《うた》われるようになっていました。

あらゆる方面で売れっ子になっていた彼に、私は尋ねました。

「何が一番書きたいの？」

「学生時代から芝居に携わってきたから、芝居を中心にしたい」

それなら、一が芝居、二が小説。

小説は幾つか主題を絞りましょう、と私たちは軸足を定めました。

彼が芝居、と言ったのは、机の前から離れて生身の人たちと付き合いたいからだろうと私は理解しました。井上さんには、学生時代に書いて、のちに芸術祭賞脚本奨励賞を受賞した『うかうか三十、ちょろちょろ四十』という作品もありました。

劇作家として最初に書き上げたのが『日本人のへそ』でした。浅草のストリッパーの一代記なのですが、実は吃音を矯正するための劇中劇だったという仕掛けをつくりました。これがたいへんな評判を呼び、戯曲の依頼が相次ぎました。

その後は、書けば斎田喬戯曲賞、岸田國士戯曲賞を受賞して、彼は少しずつ芝居にのめり込んでいきました。押しも押されもせぬ作品として発表されたのが、一九七四年の『天保十二年のシェイクスピア』です。上演時間は四時間半で、終電時間に間に合わないほどの長丁場でした。

芝居は、決してお金になる仕事ではなく、経済的にはむしろ持ち出しのほうが大きくなりました。でも、彼は顔を輝かせ、それは生き生きと仕事をしていました。その頃には、芝居以外での収入がありましたから、私たちはこれでよし、としました。

芝居の劇場まで、私は車で井上さんの送り迎えをしていました。長い車中での会話は楽しく、彼の声はいつも弾んでいました。

「ようちゃん（私のこと）、あれ書こうよ。あれはどう？」

この「芝居を書き続けたい」という井上さんの夢が、のちに、自分の戯曲だけを上演する劇団の設立へと膨らんでいきました。

「絶対にメインプロデューサーになってほしい」

「僕の夢の実現です」

彼はそう私に言いました。そして劇団名は、井上さんの故郷、山形県東置賜郡小松町（現在の川西町）にあった芝居小屋「こまつ座」から取りました。

私は、劇団員を置かないプロデューサーシステムを考えました。どこの劇団も演出家をはじめとする制作陣と役者を抱えています。しかし戯曲はありません。

「こまつ座」は井上さんの戯曲を上演することが目的ですから、「こまつ座」がプロデューサーとなって、戯曲ごとに日本中の演出家、役者、音楽家に依頼すればいいのです。このアイディアには、彼も大喜びで、「僕があなたという人を世に出すきっかけになります」とも言ってくれました。

ところが、二人で運営する予定だった劇団は、旗揚げの日が近づくにつれ、資金面には関わりたくない、と彼は言い始めました。自分は、劇団の座付き作家として入りたいと言うので、私は腹をくくって座長を引き受けることにしました。

旗揚げ当日、私たちは夫婦揃って金屛風の前に並び、記者発表を行いました。会場は取材陣で、すし詰め状態。熱気に包まれていました。

「夫婦生活二十年の総決算が新しい劇団を生みました」

「劇団誕生は、私たちの夢でした」

そう語る井上さんの横で、私は胸を熱くしていました。二十年間、辛いことのほうが多かった分、こうして究極の夢を叶えることができた。これ以上の幸運はないとありがたく思いました。

しかし、人生とは皮肉なものです。

栄光と転落はコインの表裏、とはよく言ったものです。

この華々しい旗揚げが、よもや私たち家族を熾烈《しれつ》な争いに招くとは、誰がこのとき想像したでしょう。

人生の栄光には、慢心という魔物が潜んでいることを、私は身をもって学ぶことになりました。

人生の栄光には、
慢心という魔物が潜んでいる。

夢だった「こまつ座」の旗揚げは、
家族に熾烈な争いを招いた。

第二幕

神よ！　悪魔よ！
原稿よ！

家族の全盛期

一心同体の夫婦が一心二体になる

「『こまつ座』は、僕ではなく、ようちゃん主宰の劇団だから、僕がお金を貸します。妻という扱いはしませんよ。お金を返済して、自分で儲けてください」

お金は、あぐらをかいて、口を開けていても入ってきません。

井上さんにそう言われた私は、いい芝居をつくることに専念しました。そして全国をまわり始めると、評判を呼び、上演が決まれば数時間でチケットが完売する人気になりました。

「チケットを買ってください」ではなく、「チケットを売ってください」と頼まれ、その調整に苦心したほどです。

大成功を収めた旗揚げ公演の『頭痛肩こり樋口一葉』は、戯曲が完成するまで二年かかりました。井上さんは三回書き直しており、最後は、私の明治生まれの祖母が頭痛を抱えていた、と母が言ったことが突破口となって完成しました。

樋口一葉が生まれた明治時代の女性は、髪をきつく結い上げていたため、頭痛、肩凝りになりやすかったことがわかったのです。その裏づけも、樋口一葉の文献のなかから私は見つけました。

「こまつ座」の運営が軌道に乗り、私はそれまで自宅に置いていた事務所を東京の浅草橋に移しました。毎日、浅草橋に通うようになると、井上さんは自宅で孤立するようになりました。

井上さんは電話にはほとんど出ないので、対外的な交渉や編集者とのやりとりはすべて私が引き受けていました。自宅の前には、彼の原稿を待つ新聞社や出版社などのハイヤーが常時、五台ぐらい駐まっていました。しかし、私が浅草橋の事務所に出かけるようになると、遠方の自宅で原稿を待っていてもしかたないと思い始めた編集者たちが引き揚げて、交通の便のいい浅草橋の事務所にやってきて打ち合わせをするようになったのです。

井上さんにしてみれば、それまで、同じ自宅のなかには原稿を待っている編集者たちがいて、私も仕事をしていたのに、人の気配がなくなってしまった。二百坪の家に住んでいたので、ほんとうに寂しかったのだと思います。

「僕の知らないところで、何をしているんだ？」

「あなたの仕事をしている私が何をしているかって、どういうこと？」

朝起きると、半ばふざけて、私の両足が紐で縛られていたこともありました。二十年間ずっと一緒で、私たち夫婦は一心同体でした。

井上さんの芝居をつくるという心は一つでしたが、上演するために、だんだんと私たちは一心二体となっていきました。

夫婦が別々に行動し、それぞれが責任を負うようになれば、必然的に妻の自立という、夫には脅威でしかない問題が新たに生まれます。ましてや三十年前のことでしたから、なおさらでした。井上さんは、原稿ができていても、私にわざと見せない、渡さない、といった反撃に出るようになりました。

中年になってからの妻の自立は夫にとって脅威。不仲の火種となる。

妻は仕事で外出、
夫は人の気配がなくなった広い自宅に取り残された。

増長する夫婦間の不満

うかつにも、予測できなかった事態に直面しました。

私は、これまで井上さんの原稿が遅れるたびに、身内を幾度となく病気にしたり葬ったりして、彼を守ってきましたが、劇団の座長になったために、彼から原稿をもらう立場に転じたのです。

私たちの関係は、夫と妻ではなくなりました。自らを「遅筆堂」と名乗る売れっ子作家から、なんとしてでも台本をもらわなければならない座長でした。

彼は、かつて思うように戯曲ができなくて、大々的な全国上演を中止に追い込んだことがあります。エッセイなどの原稿を抜かしたこともありますし、連載を休載したこともあります。

芝居は、演出家、役者、制作陣などのスケジュールをやりくりし、全国をまわる劇場を押さえています。そこへ台本が上がってこないとなると、一日のキャンセル料だけで当時、数百万円。総額にしたら、気の遠くなる違約金、劇場料を払うことになります。

刻々と近づく上演を前に、今か今かと台本を待つ芝居の関係者たち。一枚でもいいから手にしたいと、誰もが焦っています。

上演にこぎつけようとする私と井上さんのあいだで、壮絶なバトルが繰り広げられるようになりました。

そしてもう一つの不測の事態は、私が忙しすぎて、井上さんの仕事の調整に隙間が生じたことでした。彼からは、座長を務める条件として、これまでの仕事は変わらずこなすようにと言われていました。

しかし、私は十分に果たすことができなかったのです。

井上さん自らが対応する場面も増えて、締め切りが来てから大慌てになる事態が起きていました。「間に合わないなら印刷所で書きます」と言って、彼は印刷所に出かけたこともありましたし、出版社に泊まり込むこともありました。最初の一、二年は芝居が成功を収めたことで、結果オーライでした。

ところが私は、ますます芝居の仕事が面白くなっていました。

しかし夫にしてみれば、妻は約束不履行をしている。

夫婦間の不満は、増長していく一方でした。

お互いが不満をぶつけ合って、不満の原因には対処できていませんでした。

二十年以上連れ添ってきたのだからなんとかなる。そんな馴れ合いもあったと思います。もうちょっとの理解をお互いに持つことができたらと、今になって思います。

長年連れ添ってきた
という馴れ合い。
もうちょっとの理解を
お互いに持つことができたら。

夫と妻は仕事をめぐって対峙し、
不満をぶつけ合うようになった。

両親を巻き込んだ家族戦争

夫婦間の不満は、同居していた私の両親にも飛び火しました。

娘たちは義務教育を終えて、三人三様の生活をしていたので、常に家にいたのは、井上さんと私の両親。私の母が家族全員の食事を支度し、父とともに家のなかを切り盛りしてくれていました。

ある日、私が帰宅すると、家のなかがやたらと静まり返っていました。両親の部屋をのぞくと、母が布団の上にペタリと座り込んで泣いています。驚いた私がその理由を聞くと、食事をつくっても、井上さんが食べない。お弁当にして書斎へ届けても食べない。ずっとそういう日が続いていて、何か悪いことをしたのかとひどく落ち込んでいる様子でした。

彼に問いただすと、忍者のごとく屋根伝いに外に出て、蕎麦屋で食べていました。玄関から出入りしなかったのです。母に意地悪をし、さらには母の毎日の外出記録までつけていて、遊びに出かけていたわけではないのに、外出が多いと文句を言って、私に見せました。彼はそれ以前から、両親が挨拶をしても、無視するようになっていました。

そうかと思うと、私の父に一枚の浮世絵を見せて、誰が描いたのかをわざわざ尋ねます。父が知らない、と答えると、それなら知っている浮世絵師の名前を挙げてください、と畳みかけます。浮世絵に興味のない父をわざと卑しめて、教養がない、とあげつらうのです。

自分の家族をけなされたり、揶揄《やゆ》されることは、誰でも嫌なものです。親がバカだから娘もバカだと言っているに等しく、私は彼の心ない一面を見る思いがしました。

両親をいじめれば私が怒ることを、井上さんは百も承知でやっていました。そして、両親のいる前で私に暴力を振るうこともしばしばありました。

母が用意した料理がそのままになっていたため、茄子の漬物が変色していたことがありました。「あらあら、色がこんなに変わってしまって」と私が言うと、「これを食えっていうのか」といきなり力ずくで、茄子を私の口に放り込んで押さえつけたのです。母は、やめてほしいと叫び、うろたえました。

夫婦がうまくいっていないときに、どちらかの親族がいると、火に油を注ぐようなことになります。

周囲を見ても、妻の姉が口出しして夫婦関係が壊れたとか、夫婦仲がうまくいっていないところへ妻の両親が加わって離婚することになったとか、たくさん見聞きします。

私も両親がいなければ、ここまでひどい状況にはならなかったように思います。彼は児童養護施設で育っていますから、私と両親が仲よくする様子は不愉快で、一層、不満を爆発させていたのかもしれないと思います。

夫婦がうまくいっていないときに、どちらかの親族がいると、火に油を注ぐことになる。

夫の不満は妻の両親にも向けられ、両親の前で妻に暴力を振るった。

仏壇で揉める家は長く続かない

思えば、新しく家を建てて私の両親が同居したときから、井上さんとのあいだで問題が起きていました。

家の費用は、両親が自分たちの家を売ったお金と、手元にあった五百万円を頭金にして、残りは銀行から借金しました。直木賞受賞後のことで、仕事が猛烈に忙しくなり、私は家事に手がまわらなくなっていました。両親に同居してもらうことで、家事と娘たちの面倒を見てもらおうと私は考えたのです。

そのとき、大きな問題となったのが、仏壇でした。

私は小さくてもいいので、仏間をつくりたいと思っていました。ちょうど、井上さんの父親、義父の三十三回忌があったので、私は一人で出かけて、位牌を譲ってもらっていました。

ところが、井上さんは大反対。仏間なんていうものは、心のなかに置けばいいと言います。揉めに揉めて、最後は彼の目に触れないように、両親の寝室の押し入れのなかに、両親の内山家の仏壇をつくりました。

そして、義父の位牌を祀る場所がなかったので、同じ仏壇に置いたところ、彼はそれを自分の机の引き出しに入れてしまいました。

仏壇で揉める家は長く続かない、と言われていますが、私たち家族はまさしくその典型となりました。

同居の話をしたとき、母はどこか普通の家とは違うからと最後まで渋っていましたが、その勘が当たったわけです。父は、自分たち内山家の養子に入ってくれた井上さんの仕事のためなら、と同居を賛成してくれました。

仏壇はその家のルーツです。昔の家には、普通に仏壇がありました。先祖がいるから今の自分がいる、と命の継承を象徴する家族の拠《よ》りどころです。

しかし彼は、自分の家のなかに、内山家のルーツが鎮座することが気に入らず、かといって自分は根無し草で、鎮座もへちまもない。
根のないものは、何であろうとも、長くは続かないということなのでしょう。
あのときに建てた家の寿命は十年余りでした。跡形もなくなりました。

先祖がいるから今のあなたがいる。仏壇は、命の継承を象徴する家族の拠りどころ。

両親が同居してから、家族の不和は始まった。

不幸は次の世代に連鎖する

父は幾度も泣いていました。

滅多に泣かない人でしたが、井上さんと喧嘩して私が殴られると、「ひさしさん、やめてよ。いいじゃないか、いいじゃないか」

母は「そんなに頭をぶったら、頭が悪くなります」とおろおろしていました。

でも、井上さんは「頭が悪いから、よくなるように殴っている」と言って、その手を止めることはしませんでした。

井上さんは、私を殴っているところを両親に見せたくてやっていました。喧嘩は俺のほうが上だ、と示したかった。そして、たまに私たちが親子喧嘩をすると、とても嬉しそうにしました。

私たち親子が庇《かば》い合うと、彼の暴力はひどくなりましたので、両親はその場を離れることで、井上さんの暴力を止めるしかありませんでした。

そんなとき父は、家の近くの林へよく行っていました。そばに父の自転車が置いてありますので、すぐに見つけることができました。さもなければお風呂に入って、湯船で小唄を歌いながら泣いていました。

そういう仕打ちを私たち親子にする井上さんを、私は非常に残酷な一面を持った人だと思いました。

彼は愛憎表現が極端に乖離《かいり》した人でした。

彼のエッセイにも、子どもの頃、猫を火《ひ》の見櫓《みやぐら》から落としたとか、猫に火を点《つ》けた、という記述があります。普段はとても可愛がっていても、突然、猫の首を吊ったらどうなるだろう、と考える人でした。

それを決定づけたのが、彼の不幸な生い立ちでした。きちんとした親子関係をつくってもらえず、孤児同然に育ちました。

家を建ててしばらくすると、井上さんの母親も数年間、一緒に暮らしたことがあったのですが、母と息子の関係はいびつでした。

義母はトイレに行きたくなると、

「ひさしさん、おしっこ」

男に哀願する女の口調で言います。

井上さんは母親にどう接したらいいかわからなくなると、

「お前がちゃんとしろよ」

と私に責任転嫁をしました。彼は、滅多に「お前」という言葉は使わない人でしたので、その狼狽ぶりが窺《うかが》えました。

義母は、井上さんに添削してもらい、何冊かの本を出版することになったのですが、最初はどうしても出版を止めたかった彼は、直接母親には言えず、私に止めるよう言いました。

今、社会では親の育児放棄と子どもへの虐待が問題になっています。

子どもを虐待する親は、子どもに媚びて甘えたり、泣いたりします。でも、子どもが言うことを聞かないと、途端に切れて、蹴ったりぶったりします。虐待する親は、自分が子ども時代に親子関係をつくってもらった経験がないので、自分の子どもとの接しかたがわからず、虐待します。そして虐待された子どもは、同じことを自分の子どもに繰り返して、不幸は連鎖していきます。

親は、子どもが子どものときにきちんとした関係を築かなくてはならない。そんなあたりまえの大切さを、私は身近で学びました。

義母自身、養女に出されて、親子関係をつくってもらっていなかったのです。

子どもが子どものときに、きちんとした親子関係をつくる。

義母は子どものときに
親子関係をつくってもらえず、
息子との関係もいびつだった。

追い詰めると相手は逃げる

男も女も、浮気ができる人とできない人がいます。

お互いが浮気心を持って浮気しているとき、いわゆるダブル不倫は、それぞれが功利的なものを持っていて、損得勘定が働いていたりします。

浮気は実にやっかいで、最初は浮気心でも、途中で本気になることもありますし、浮気と言って割り切って遊んでいるうちに、いつのまにか腐れ縁になることもあります。男女のあいだのことは個人差がありますので、一概にはくくれず、複雑です。でも、一つだけ確かなことは、追い詰めると相手は逃げる、ということです。

追い詰めるほど、その人の嫌な面、醜さがあらわになって、相手は興ざめします。もし浮気を防止したいのであれば、あるいは離婚だけはしたくないのであれば、知らん顔をするのがいちばんだと思います。

私が井上さんの浮気を知ったのは、一本の電話からでした。

電話をかけてきたのは、彼の短編小説『こんにゃく天女とはんぺん才女』のモデルにもなった「はんぺん才女」の女性でした。私の前に付き合っていた女性で、なんと井上さんは、私と結婚してからも逢瀬を重ねていました。でも、面白いことを言う女性でした。

「今、私はフィラデルフィア（米国）から電話しているの。いるんでしょ？」

「はあ？」

何のことかわからず、思わずそう答えると、

「冷蔵庫に隠さないで、出してよ」

「………………」

電話の録音テープをとって、井上さんに「これ、何なの？」と聞くと、申し訳ない、と謝っていましたが、私はやきもちを焼いたり、騒ぐようなことは何もし

ませんでした。その後、関係が切れたのかどうかも、私は知りません。ちなみに、「こんにゃく天女」のモデルは私ということになっています。

あともう一つ大事なことは、黙っていることです。

夫婦のどちらかが浮気をすると、「許してほしい」「謝ったら許してあげる」という言葉がしばしば聞かれます。しかし、私は夫婦のあいだで、「謝ったら許してあげる」という感覚を持つこと自体、避けたほうがいいと思っています。なぜなら夫婦のあいだに、善悪の支配者と被支配者の関係が生まれてしまうからです。「夫の浮気を許してあげた」妻は、自分が犠牲になったという意識を持ち、善悪の支配者となり、夫との関係で上位に立ちます。一方の「謝って許してもらった」夫は、自分に原因があったにせよ、浮気していた自分は否定され、許されたという傷を負います。もちろん被支配者となります。

私の周りでも、「夫の浮気がばれて許してくれと言うから、許してあげたわよ。許したほうが得よね」と話す妻は何人もいます。「許した」「許される」は損得勘定も入ってきます。

夫婦の関係が良好のときは、「許した」「許された」は潜伏していますが、ちょっとした諍《いさか》いが起きたとき、「あのとき、許してあげたじゃない」と、免罪符として持ち出されることはよくあります。あるいは、ほかのことで喧嘩しているときに、「あなたは浮気をしていた」と蒸し返されたりと、「許された」古傷が癒えることはありません。

善悪の支配者と被支配者の関係は、一生、なにかとついてまわるものなので、ほんとうに夫婦関係を大事にしたいと思うのなら、「許してあげた」と犠牲を払ったような偽善はせずに、黙っているほうが、より豊かな人生を育むことができるのではないかと私は思います。

夫婦の浮気には、「許してあげた」などという偽善はしない。ただ黙っているほうがいい。

浮気をしていた夫に証拠を突きつけた妻は、追い詰めずにほうっておいた。

性格の不一致

私の気持ちが夫から離れた要因の一つに、嫉妬がありました。

夫婦のどちらかが異性にもてたとか、ほかに好きな人ができたとか、そういった色恋の嫉妬ではありません。

妻の私が社会的な地位を得て、夫の伴侶として収まらなくなってきたことへの、夫の戸惑いと嫉妬です。

「僕は机にしがみついて書いている」

「僕が書いたもので、あなたは華やかになっている」

自分にではなく、私への取材撮影の依頼が来るようになると、井上さんは怪訝《けげん》そうに「なんで？」を繰り返しました。グラビア撮影で自宅に来る編集者もいて、同じ社内で井上先生にお世話になっているからと、編集者が挨拶を申し出ても、彼は決して姿を見せることをしませんでした。

これまで自分が中心だったのに、そうではなくなった。「僕は原稿を書く機械か?」とひがむようになり、「そうではない」と私はとりなすようになりました。

夫婦が離婚するときの主な理由に、「性格の不一致」がよく挙げられます。不一致というのは、世間に対する言い訳で、単に生理的に無理になっただけなのだろうと私は思います。そもそも、生物学的に異なる男女の性格が一致するなんてことは、ありえないことです。

性格が合うも合わないも、気持ちが離れてしまったら、いくら長年連れ添った夫婦でも、一緒にはいられなくなるのではないかと思います。

性格が合うも合わないも、
気持ちが離れてしまったら、
生理的に夫婦は無理。

妻の気持ちは夫から離れて、
一緒にはいられなくなった。

恋というのは突然やってくるもの

チケットの販売を二日後に控えた夜でした。

井上さんの戯曲の大幅な遅れから、主演俳優が降板してしまいました。

戯曲の遅れは、舞台稽古の日数を減らし、俳優、美術、音楽などの関係者に大きな負担がのしかかります。井上さんの戯曲はセリフも多く、上演を目前にしても台本が上がっていないとなると、出演を断る俳優が出てくるのは当然のことでした。

ところが、この緊急事態を招くことになった井上さんは、反省の色を浮かべるでもなく、自分は何も悪くないと言い張りました。

「そんなヤツはろくでもない役者に決まっている」「すぐ交代させろ。僕の芝居に出ないヤツがバカを見る」「誰だって代役は二つ返事で引き受けますよ」

芝居の上演には、制作、販売、劇場など、たくさんの人たちが関わっており、これまでどれだけ多くの迷惑をかけてきたことか。彼の度重なる傲慢な態度に、私はつくづく愛想をつかしてしまいました。

この緊急事態を救ってくれた一人が舞台監督の男性でした。なんとか代役に目星をつけて、「大丈夫ですよ。きっと出てくれますよ」と彼の目が笑ったとき、私はどんなに胸をなでおろしたか。そういえば、これまでも何度か危機を救ってくれたことが思い出され、私は、初めて歳下の彼を頼もしい異性として意識しました。そしてそのことを、井上さんに相談しました。

「あなたは、恋をしたのではありませんか？」

「そうかしら」

「そうですよ」

「どうしよう」

「恋というのは突然やってくるものだということを、あなたは知るべきですね。

この原稿が終わったら、よく相談してはどうですか」

といっても、相談する相手は、当の井上さんでしたが、私は、舞台監督の彼とのことは逐一、井上さんに報告していました。彼にとって私は恋愛対象だったというよりも、最初は成り行きだったかもしれないように思います。

それからしばらくして、私は、離婚届を井上さんに出しました。

家はすさまじい修羅場と化しました。

あるときは、「君は恋に恋しているだけですよ」と言ったかと思うと、あるときは、突然、部屋に入ってきて「売女《ばいた》め」と叫び、激しい暴力を振るう。そのときの井上さんの気分で、百八十度、態度が変わりました。

彼の暴力は凶暴性を増して、何度も救急車が駆けつけました。寝ているあいだも、井上さんによる足蹴りと首絞めが繰り返され、体はもう持たない。家に帰るのが恐ろしくなりました。

私が、離婚を決意したのは、いろいろなことが積み重なった末のことでした。

四十代半ばにして、私は自分の生きかたを模索していたように思います。

夫婦なら、一度や二度、離婚の二文字がよぎることもあるかと思います。

このときは三度目の本気でした。

ただ、それでも「こまつ座」の座長は続けるつもりでいました。自分をおいて、ほかに務まる人間はいないと自負していたのですから、虫のいいことを思っていたものです。こういう二人だから続いたのか、こういう二人だから別れることになったのか。何とも言えませんが、夫婦とは別れるもの。

無理してしがみついている必要はありません。

夫婦とは別れるもの。
無理してしがみつく必要はない。

妻は恋をした。
自身の生きかたを模索した。
そして離婚を切り出した。

夫の執筆にはもれなく悪魔が降りてくる

「鬼だ！」と私は叫んでいましたが、井上さんは執筆を始めると、鬼というよりも、悪魔が降りてきたような精神状態に変わります。

一緒に暮らし始めた彼のアパートで、初めて目の当たりにしました。

そのときは、テレビの仕事で、段ボールで人形をたくさんつくり、小さな座卓の上に並べて物語を紡いでいました。三日も四日も寝ないで、食べていたものといえば、店屋物かお弁当。寝ようか、と声をかけても、彼は布団の上では寝ないので、そのまま一緒に寝転がって仮眠を取っていました。追い詰められた精神状態で仕事をしていました。

「ようちゃん、起きて、起きて」と突然、私の体を揺すり、思いついた物語の展開を彼は話しました。どう思うかと聞いたので、「おかしいんじゃない」と言った途端、「お前はなんでそんなことを言うんだ」と豹変《ひょうへん》したのです。

彼は、全意識を集中させ、「書くことしか自分には味方がいない」と言って、究極の状態にまで自分を追い込み、ある沸点に達すると、自分以外のすべてを敵とみなして攻撃態勢に転じます。

どんな匂いにも、かすかな物音にも、鋭敏になりました。

一種の病気だと井上さん自身も認めており、書くために必要なプロセスだと私は理解していました。しかし、彼の仕事に付き合う私はたいへんでした。ついさっきまで二人で穏やかに話し合っていたのに、ある瞬間から私を敵と目して、百八十度豹変するからです。何が導火線となって悪魔が降りてくるのか、予測することは容易ではありませんでした。

たとえば、毎朝、私は彼が使っている4Bのuni《ユニ》鉛筆を削っていたのですが、ある朝突然、「音がうるさい」と声を荒らげ、「あと二本で終わるから」と私が言った瞬間、豹変したことがありました。

後年は、戯曲を書くときに必ず悪魔が降りてくることがわかりましたので、ぬかりなく対処したつもりでした。家じゅうに、「パパが芝居に入ります、注意」と貼り紙をして、家に出入りする全員に用心するように言いました。

しかし、彼の仕事に付き合っていたのは私でしたから、どうしたって私が悪魔の餌食《えじき》になります。まさに祟《たた》られるとわかるその瞬間、私は「わかった、わかった。来ないで」と言って、一目散にその場を立ち去りました。

すると、しばらくして彼の書斎からトントン、トントンと、金槌で打ちつける音が聞こえてきます。書斎のなかからドアに釘を打って籠《こも》るのです。

先手必勝。あとは、じっとご開帳を待つだけです。

完成した戯曲を手に現れる井上さんの姿は、神々《こうごう》しくも見えて、私は恐ろしい悪魔のことなど忘れました。出来上がった喜びのほうが勝っていたのです。

悪魔にはご用心。
先手必勝で、一目散に逃げる。

夫の執筆時には悪魔が降りた。
そして夫は釘を打って書斎のなかに籠った。

暴力はエスカレートする

人は一度手を上げると、収まりがつかなくなります。

暴力には習慣性があり、回を重ねるごとにエスカレートします。

私たち夫婦の場合は、一緒になってまだ間もない頃に起きました。井上さんに本を買ってきてくれるように頼まれ、私が間違えて買ってくると、突然、引っ叩《ぱた》かれました。私は、親からも誰からも、手を上げられたことがありませんでしたので、「今度、手を上げたら実家に帰ります」と言いました。

しかし、「手を上げるな」といくら言っても、彼は、書くために自分を追い込むと豹変しましたので、どうしても暴力がついてまわりました。やられっぱなしでよれよれと泣くのは、私の性格ではありませんでしたので、私は猛然と反撃に出ることにしました。私たちは、ぶん殴り合い、顔を引っ掻《か》き合い、お互いの顔が赤く腫《は》れ上がって、修羅場を演じたことは数え切れないほどあります。

彼は、私が憎くて手を上げているのではなく、不甲斐ない自分に向かって手を上げている、と説明していましたが、そんな自分の弱さをわかっていても、結局、自分自身を止めることができませんでした。

あるとき、私は「女の人って暴力を振るわれると、どんどん心が冷めていくのよ」と言ったことがありました。すると、井上さんは、作家の真杉静枝（一九〇一〜五五年）が、作家の中山義秀（一九〇〇〜六九年）と離婚したあと、「死ぬほど暴力を受けたけど、自分を本気で愛してくれたから、あんな真剣な暴力があった。人生のなかの一番きれいな思い出」と言いながら、亡くなったという記述を私に見せました。

そして暴力を振るったあとは、「申し訳ない、申し訳ない」「いや、悪かった、悪かった」と繰り返し謝りましたので、つい私も「いいよ、しようがないから」と言っていました。詫び状はしょっちゅう書いて寄越してきました。長々と原稿用紙に綴《つづ》ったものは、十数通もらったと思います。

暴力というのは、強者が強者に向かって振るわれることはまずありません。弱者に対して、力関係をはっきりさせたいから使います。ですから、どんな事情であれ、正当な理由で暴力が振るわれることはないと思います。

よく「口でかなわないから、つい手が出た」と言いますが、それは方便です。「言うことを聞かないから、手を上げた」と言うのも、相手が自分より強者だったら、手を上げることはなかったでしょう。

暴力を振るう人は、自分を正当化させるためにいろんなことを言いますが、基本的には、心が弱虫なのだと思います。そして、一度、手を上げてみると、暴力で解決されることが案外多いので、常態化します。

離婚後、私の母は言いました。

「あのまま一緒にいたら、ようちゃん殺されているか、死んでたよ」

「言うことを聞かないから、
手を上げた」
相手が自分より強者だったら、
手を上げることはなかったでしょう。

新婚時から暴力は常態化していた。
夫婦はぶん殴り合い、修羅場を演じてきた。

夫の殺人未遂事件

直木賞を受賞してからの井上さんは暴力がひどくなり、私を殴ってから原稿を書くことが儀式のようになっていました。彼の暴力を容認したわけではなかった私は立ち向かっていましたので、傍《はた》からは、人目をはばからず、派手な立ちまわりをする夫婦にしか見えなかったと思います。

彼は、私の髪の毛をつかんで頭を何度も柱に叩きつける。車を運転する私の横から殴りつける。自分の気が済むまで、私を殴り続けました。

編集者のなかには、「喧嘩が始まりましたので、いよいよ原稿が上がりますね」と見慣れた口調で言う人もいましたし、「今夜、原稿をいただかないとアウトです。どうかお願いですから、二、三発殴られてもらえませんか」と言って頭を下げる人もいました。もちろん、私たちの喧嘩を見かねて、ホテルの一室を用意して、井上さんをカンヅメにする人もいました。

劇団の仕事が面白くて忙しかったのは事実ですが、私の心には、連綿と続いてきた井上さんの暴力が澱《おり》となって溜まっていました。

彼と心の距離が開き、私が離婚を切り出してからは、より凶暴になりました。私のきものははさみで切り刻まれ、寝ていると、刃物ではありませんでしたが、ペーパーナイフを目の前に突きつけられたこともありました。

私は両親の前で暴力を振るわれることが最も辛かったので、そのときはいつもより抵抗しましたが、男の腕力の前に女は非力。私の頭は殴られすぎてこぶだらけになりました。

ある日、私たちの離婚話で、井上さんの母親が上京してきました。

井上さんは、私が離婚を切り出したことを、自分の母親に手をついて謝るようにと言いました。夫婦の問題に親は関係ない。最後まで二人で話し合うべきだと私は言葉を返して、従いませんでした。

次の瞬間、私の体は彼の力で飛ばされました。激しく椅子にぶつけられ、ベッドに押しつけられ、机の下へと引きずられて、首を絞められました。そのあいだ、私は必死で頭をかばっていました。

そこへトイレで席を外していた義母が戻り、「ひさし君！　こんな女に手を上げてはあなたがもったいない」と言うと、私に「シッシッ」と犬を追い払うような手振りをしました。私は、彼からとどめの足蹴りを背中に食らって、廊下へ突き出されました。殴られた衝撃で目が見えなくなり、手探りで廊下をつたっているると、父がやってきて、私を抱き上げてくれました。「医者を！」と父が叫んだときには、私は失神していました。

その夜、父は私を自分のマンションへ連れて行きました。井上さんから離さなければならない、と思ってのことでした。しかし、翌日、井上さんがマンションに現れて、部屋に上がるなり暴力を振るい始めました。父が彼の前に立ちはだかり「しばらく寝かせてやってよ」と懇願して、一緒に部屋を出て行きましたが、夜が更けると、合鍵を持っていた井上さんは再び一人で戻ってきました。そして私に飛びかかったのです。

彼の怒声が部屋中に響き渡り、私は髪の毛をつかまれ、引きずりまわされました。痛くて顔を上げると、その顔を思いっきり殴られ、殴られた勢いで私の体は転がり、背中を丸めて頭を守ると、今度は、空いている背中を思いっきり蹴られました。一撃一撃と蹴りが入るたびに、私の呼吸は止まりました。

いつまで続くのだろうか。

このまま死ぬのだろうか。

私は、殴られ、蹴られ、一撃一撃をどうしのぐか、自分の命を守ることに必死だったことを憶えています。喉の奥で血が流れ、口の中も切れたらしく、なまぬるい血の味が広がっていました。飛ばされるたびに、部屋のあちらこちらに、血が飛び散っていました。

しばらくすると、私は何も考えられなくなり、意識が戻ったときはあたりが静まり返っていました。ジンジンという音だけが耳の奥から響いていました。

頭がひどく痛み、触ってみると、ゴム毬《まり》のように膨れ上がっていました。まぶたが腫れ上がっていて目は開かず、立ち上がることもままなりませんでした。

しかし、彼がまた戻ってくるかもしれないという恐怖で、私は這うようにして外へ出ました。運よくタクシーが目の前を通り、運転手に助けられて、その場を離れました。運転手の言葉で、朝の五時前であること、耳と鼻から血が噴き出ていることを知りました。

朝一番で病院へ行くと、全身打撲で、肋骨は折れ、左の鎖骨にはひびが入っていると診断されました。右の鼓膜は破れて、聴力を失っていました。

一九八〇年代半ばのことです。

ドメスティック・バイオレンス（ＤＶ）という言葉がなかった時代です。夫婦間の暴力は表沙汰にはできない。むしろみっともなくて、恥ずかしいことだとする世の中でした。しかも私の夫は著名な作家です。

殴られていたとき、私の目の縁が捉えた彼は、猛《たけ》り狂った病人でした。殺意を感じた瞬間、私の体は打ち震えて、死を意識していました。

家族間で起きる殺傷事件は、突然、降って湧いて起きるわけではありません。どこの家族でも起きえることです。

家族だからしかたがない。家族は切っても切れない関係だから、身内の暴力は家族の力でなんとか解決しなければならない。そうした社会通念が、家族を苦しめているのではないかと思います。

身内の暴力は家族の力で解決しなくてはならない。それが、家族を苦しめて殺傷事件を起こす。

一撃一撃、どうしのぐか。
妻は自分の命を守るのに必死だった。

暴力からは逃げるが勝ち

もし家庭が暴力を伴った修羅場と化したら、逃げるが勝ちだと私は思います。悔しいからやり返したいと思ったところで、力では男性にかないません。

私は、ドメスティック・バイオレンス（ＤＶ）防止法が施行された二〇〇一年、仕事で世界のＤＶ事情を取材したことがあります。そのとき、女性の被害者に「なぜ逃げなかったのか」と尋ねました。すると一様に、みんなこう答えました。「足がすくんで逃げられなかった」。逃れた女性はというと、大声で助けを求め、子どもを引きずって外へ出ていました。

つい、近所に知られたら恥ずかしい、と思ってしまいますが、手を上げられそうになったら、何はともあれ、逃げる勇気を持つ。相手が、世間体を気にする見栄っ張りであればあるほど、外へ出てしまったほうが勝ちです。

乱暴をする人は、突然、声を落として優しくなったり、突然、激昂したり、瞬間的に暴力を振るいます。こういう理由でこうだからと、プロセスを経て暴力に至るわけではありません。

自分のなかの何かの解決を求めて、人に優しくしてみたり、脅してみたりします。あるいは冷たくするなど、さまざまなことをした末に、暴力というかたちで爆発させます。そうなると、もう手はつけられません。自制が利かなくなるのが暴力です。

男女の殺傷事件を見ていると、相手をなんとしてでも引きずり降ろしたい、という一念で、追いかけて、憎悪のあまり、相手の身内までも殺してしまうことがあります。そこまで制御が利かなくなってしまうと、その人は自分を傷つけるほうが楽になり、自殺を企てるなど、自分自身へと向かっていきます。とにもかくにも、一線を引いて逃げるにかぎります。私も、夫を殺人者にしなくて何よりだったと思っていますし、こうして私が生きていてよかったと思っています。

自制が利かないのが暴力。何はともあれ、逃げる勇気を持つ。

突然優しくなり、突然激昂する。
暴力はプロセスを経ているわけではない。

第三幕

悩み苦しんだ親子の巣立ち

家族の衰退期

夫と妻の幸福戦争

流行作家の妻が歳下の男をつくって別れる。

世間的に体裁の悪い離婚を、出版社をはじめとする彼の周囲の人々は、さぞかし危惧したのでしょう。大怪我を負って、絶対安静を余儀なくされた私のもとに、井上さん自らが見舞いに来ることはありませんでしたが、関係者が三日にあげずやってきました。私は「こまつ座」に出入りすることを禁じられ、座長には井上さんが就任しました。

離婚の記者会見が行われることを私が知ったのは、当日の朝でした。

関係者は、井上さんの暴力が表沙汰になることを避けるため、私の顔の腫れや痣《あざ》の回復を確認していたのだと、遅まきながら気づきました。

離婚に際して、井上さんは、三人の娘と私の両親の面倒を最期まで見る代わりに、彼に対する不服と暴力を決して他言しないことが交換条件だと言ってきました。私は受け入れましたが、ここで二つのミスをします。

一つは、弁護士からは、井上さんの著作に私が深く関わっていることから、財産分与の権利がある、と説明されたのですが、これを私は辞退してしまったことです。当時はそのほうが潔いと思ったのですが、のちに私は、自分の判断ミスを悔やみます。私のお財布には八千円しかなかったのに、血迷っていたとしか言いようがありません。

それに、井上さんは私が恋をしていることを知ると、自分も新しい恋人をつくっていました。以前から芝居を観に来ていた、娘に近い年頃の女性でした。

「ようちゃんはようちゃんなりの幸せをつかんでくださいよ。これからはお互いの幸福戦争ですからね」

私が不在のときは彼女を家に呼び寄せ、その恋人との新居を建てるために、新しい土地すら探していました。離婚して二、三か月もすると、その女性と結婚すると知らせてきました。

元夫の切り替えの早さに私は唖然、拍子抜けです。彼は、私の両親と養子縁組をして内山の姓になっていましたが、それを解消。娘たちにはアパートを購入し、自分はその女性と暮らし始めました。そして私たちの家を売却すると、新しい家を建てたのです。しかし、私の両親の生活費は止められました。

私の両親の面倒を見るという約束はどうなったの？　口約束だったので、覚書などの書類がありません。これが二つめのミスです。

私の詰めの甘さだけが残った離婚劇。幸福戦争は、さっさと元夫に出し抜かれて、私の敗北に終わりました。

潔さはいらない。
財産分与はしっかりする。
文書は残すにかぎる。

妻は離婚協議の詰めが甘かった。
夫は早々に再婚を決めた。

家族を食わしているのは俺だ

「家族を食わしているのは俺だ」

「なんで俺を拝まないんだ」

この二つは、ずっと井上さんの口癖でした。

家を新築してからは、「お前たちの贅沢は、俺の金でしている」

「先生様にお礼を言いながら、ご飯を食べるんですよ」

と言っていたのは、井上さんの母親です。先生様というのは、井上さんのことで、上京するとよく口にしていました。

井上さんは、離婚の記者会見で、「武士の情け、惻隠《そくいん》の情」と発言し、多くを語りませんでした。しかし、その後のテレビ番組では、要は、自分は悪くない。こんなに自由にやらせてあげていたのに、若い男をつくって出て行った。自分が彼女を褒めてやれなかったのがよくなかった。さもなければ、こんなことは起きなかったと話していました。私は「まさしくそれがあなたの私への目線だったから逃げたのよ」と苦々しく思いながらそれを見ていました。

彼の倫理観は、自分が働いて家族を食べさせて、楽にさせてやる。だから家族は、家長の自分を敬わなければならない。ついこの前までの、日本の家族の倫理観で、そのように私たちは教育されていました。女性は結婚したら家にいるべきものでしたから、外で働く女性に対して風あたりが強い時代でした。

男女雇用機会均等法が施行したのは、ちょうど私たちが離婚した年と同じ、一九八六年でした。あれから社会で働く女性は飛躍的に増えて、今は、育児支援の必要性が盛んに言われています。男性の育児休業の取得も、法的に認められるようになりましたが、働く女性の負担は、仕事、家事、育児と三重です。

働く女性が増えたから、子どもが少なくなった。働く女性が増えたから、独身の男性が増えた、などと言われます。しかしそれは、これまでの家族の倫理観が根底から変わらないかぎりは続くと思います。

でも、今、まさにこれまでの男社会が崩壊しています。

家族の倫理観は変化しています。

もし夫が、家長である俺を拝め、などと家族に言ったら、妻や子どもたちから総スカンを食うでしょう。あるいは、家族を食わしているのは俺だ、などと言ったら、働いている妻も黙ってはいません。

家族の倫理観は、社会の骨格となるものです。

その骨格戦争が、ようやく起きているのではないでしょうか。

男社会の崩壊。
社会の骨格戦争が起きている。

夫には家長としての自負があった。
しかし、妻とその家族は夫を拝まなかった。

別れの美学

夫婦が離婚するときは、最後は結局、お互いに残酷になると思います。きれいさっぱりと別れることのできる夫婦がそれほどいるとは、私には到底思えません。もしさっぱりと別れたのであれば、結婚生活もたいして濃密ではなかったのではないでしょうか。濃密であればあるほど、別れも泥沼になります。でもそれはしようのないことです。

私たち夫婦は、世間的に知られていた夫婦ではありましたが、知られていようが知られてなかろうが、財産があろうが財産がなかろうが、縁があって一緒になった男女は、どんな状況下にあっても、こと別れに関しては、気持ちよく別れるというようなことはありえない。そして、それが普通です。

離婚したときに抱いた恨みや怒りなどは、その人の次の人生のエネルギーになることでしょう。歳月とともに浄化できるかどうかは、その人の度量にかかっているると思います。

恨みや怒りを浄化するのはとても難しいことです。

日本の夫婦や家族は、どうしても私物化しやすい存在だからです。妻は夫のものであり、夫は妻のものといった家族観で成り立っています。個人を尊重した上での関係性ではないので、別れるときに、捨てた、捨てられた、裏切った、裏切られたという気持ちをどうしても持ってしまうのだと思います。

夫婦は他人同士で、本来は個人と個人の関係です。個人を互いに私物化していたことで、離婚を必要以上に感情的に捉えてしまうのだろうと思います。

離婚後は、恨みや怒りを持ち続けるのではなく、浄化させる。そのほうが、その人の人生も豊かにしてくれます。そのときに鍵となるのが、自分のなかから相手を私物化した見方を取り払って、一個人として捉えることだと思います。

あの人はああいう人なのだなと、自分から切り離して相手を見ることで、やがて受容することのできる日が来るのではないでしょうか。
それは同時に、自分のなかの恨みや怒りが浄化されていることでもあると思います。

きれいさっぱりと
別れられる夫婦はいない。
あの人はああいう人なのだと
あなたから切り離す。

濃密な夫婦であればあるほど、
別れも泥沼になる。

生きているうちに手遅れはないはず

すさまじいバッシングのなかで、自分で言うのもなんですが、よくまあ生き延びたと思います。重石で押さえつけられた蓋の下にいる感覚で、ゼロから再起したくても、立ち上がることが許されませんでした。

つい先日まで仕事をしていた友人、知人たちの見事なまでの手のひら返しはしょっちゅう。テレビの画面の向こうで、何があったのかすべてを知っている口調で、私への批判、悪口を連ねていました。みんなで渡れば怖くないといった勢いで、連日、こぞって私へのバッシングを続けていました。

その頃、知り合いの週刊誌記者から取材させてほしいと言われたので、協力したところ、「四畳半の部屋で、ものもなく貧しげに暮らす流行作家元夫人に未来はない」というタイトルの記事になっていました。話した内容とは違う、と問いただすと、出版社協定で、井上さんを守らなければならないから、私を貶《おとし》める内容になったと弁解していました。出版社協定というのは、自分たちが抱えている著者にとって、不都合なことは何も書かない談合のようなものです。

うちではそういうことは決してありませんからと、ある編集長に力説されて始めた連載も、井上さんが連載を中止しなければ、自分の本をすべて引き揚げる、と怒ったことで、社内は大騒ぎ。井上さんのところへ土下座をしに行く一方で、その連載は中止になりました。

メディアによるバッシングの影響は、全国に広がっていました。

私がある町の教育委員会主催の講演に呼ばれて出かけると、客席が空だったことがあります。そこへ企画した女性担当者とは別に、町長が現れて、次のように言いました。

「講演会は教育的であるべきだと考えています。失礼ですが、あなたの行動や生きかたが悪影響を及ぼすことはあっても、よいかたちで影響するとは町長としては思えません。結婚はルールです。犯してはならないルールです。道徳を変えることはできないのです。失礼ですが、うちの町であなたの講演は差し控えたくご辞退申し上げます」

こんなことはざらでした。

無事に講演会が開かれたとしても、その後の宴会などで、男の人によく嫌味を言われました。

「なにしろ、男に恥をかかせたんだからな、この人は」

私にとどめを刺したのは、生まれ育った浅草でした。

旗揚げ公演中のある日、浅草のおかみさんの面々が浅草を活気づけたい、と私を訪ねてきました。私は、浅草の役に立つのであればと思い、喜んでプロデュースの依頼を引き受けました。「浅草おかみさん会」の発足記者会見を開き、マスコミに大々的に取り上げてもらいました。しかし、離婚後に、私が浅草を歩くと、顔を背けられました。

「好子さん、バカね。金のない男と一緒になって幸せになれるわけないじゃない。あなたの価値はなくなったわ。離婚して無一文で、悪いけど、これまでのことは関係ないから」

おかみさんの一人に、面と向かって言われました。

これまで「よくいらっしゃいました」と迎えられていたのが、離婚を境に門前払い。折れそうになる私の心を支えてくれたのが、父の言葉でした。

「死んだら、ぜんぶ手遅れ」

「どんなことがあっても、生きているうちに手遅れはないはずだ」

心が折れそうになると、
支えてくれた父の言葉。
「生きているうちに
手遅れはないはず」

流行作家の妻ではなくなったから、
付き合う価値はなくなったと言われた。

一人で苦労してこそ、一人で生きる力を得られる

世間からバッシングされていた私に、友人知人の反応はさまざまでした。

「テレビで見たわ」と言って、興味本位で様子を窺う人もいましたし、辛い時期だろうから、そっとしておいたほうがいい、と静観していた人もいました。

そのなかで一番嬉しかったのは、仕事をくれた人でした。私が何に一番困っているか、冷静に判断してくれていたのです。

それまで私は、常にたくさんの人と一緒にいました。「こまつ座」でも大勢のスタッフがいましたし、家は、いつもたくさんの編集者とたくさんの来客で、旅館状態でした。それが一人ぽつんと世間から見放されたことで、人との関わりの脆《もろ》さを味わいました。

世の常で、肩書きや社会的地位がなくなると、多くの人がその人から離れてい

きます。とても寂しいことですし、空虚感も覚えます。ことわざで「遠くの親戚より近くの他人」と言いますが、私の実感は、近くの他人であった編集者たちなどのほうが、私には冷たく、別れの挨拶はありませんでした。近くの他人が力になってくれるかもしれない、などという期待は、私からなくなりました。自分で立ち向かわなければならない現実が、目の前に突きつけられていました。

離婚した人なら誰もが同じ経験をすると思いますが、自分は一人なのだ、ということを、はっきりと自覚します。自分が立っている今のこの場所。ここからどう次の一歩を踏み出すか。不安におののきながら一人で考えなくてはなりません。世のなかはそう甘くなく、次の一歩を踏み出したからといって、物ごとが順調に運ぶわけではありません。

私には、五円玉しか手元に残らなかった寒い冬もありました。服のポケットのなかから見つけた五円玉でした。泣きながら過ごすか、楽しく過ごすか。せっかくなので、その五円玉に糸を通し、しばらく回して遊びました。

生きるために、ほんとうにいろんなことをしました。

でもそれらは、今はまだ思い出したくありません。

しかし、そうした苦労はのちに、一人ぼっちで山村へ入って、子守唄を憶えているお年寄りを探したときの力となりました。

現在、私は全国各地に伝わる子守唄を数万曲以上収集して、日本の文化遺産として保存する活動をしています。

一人ぼっちで苦労したからこそ、一人で生きる力が得られる。

確かな実感です。

初めの一歩は甘くない。
でもその苦労をしてこそ、
生きる力を得られる。

ポケットに残っていた五円玉。
泣きながら過ごすか、楽しく過ごすか。
せっかくなので、糸を通し、回して遊んだ。

自分の愛のかたちに自信を持って生きる

職場で、生き生きと仕事をしている上司の姿を見て、それをカッコいいと思う女性の気持ちは自然です。女性は若ければ若いほど、歳が離れていようが、家庭持ちであろうが、輝いている男性に惹かれます。

上司とできていながら、若い男性と結婚して、うまくやっている女性は珍しくありません。上司のほうも、若い部下とできていながら、あるいは同僚の女性とできていながら、結婚生活を続けている人はたくさんいます。

でも、それはしようがない。当然そうなるだろうと私は思います。

従来の結婚観が変わってきているのです。

そしてなかには、従来の結婚観と変化している価値観の両方を、自分の都合のいいように取り入れている男性もいます。本人は、若くて美しい女性とできていながら、結婚相手にはブサイクな容姿の女性を選ぶ。私の周りにもそういう男性はいて、「見向きされない容姿だから、手をつける男がいなくて安心。家をまかせることができる」と言っています。

さらに、海外へ目を向ければ、倫理観よりも恋愛が尊ばれる国があります。フランスで「私の恋人です」と紹介されたので、まだ結婚していないのかと思いきや、恋人とは別に夫もいる。そして、夫のほうにも親しいガールフレンドがいる。この知人夫婦は、子育てを協力し合いながら、それぞれに恋人を持っています。

マクロン大統領夫妻のケースも、ブリジット夫人の元夫にしてみたら、たまったものじゃなかっただろう、と日本人は推察します。子どもが三人もいるのに、妻は娘と同学年の、二十四歳下の教え子とできてしまったのですから。

フランス人の恋愛観を見ていると、日本の倫理観は、今や、カビが生えたものかもしれないと思わされます。その一方で、日本における性はタガが外れてしまっていて、乱交状態。どのようにも遊んでいます。

ほんとうの愛を育むのが難しく、愛情不毛な時代のなかに、私たち日本人はいるように感じます。フランスの知人夫婦に「人が生きることの中心にあるのは何ですか？」と尋ねれば、真っ先に「愛」を挙げることでしょう。

そもそも「愛」は、倫理観の枠組みのなかにあるものではなく、人の気持ちのなかにあるものです。それぞれの愛が、周囲と折り合って、うまくやっていけるのであれば、それでいいと私は思っています。

それに今は、愛情のかたちが、マクロン大統領夫妻などを見てもわかるように、多様になっています。

私の末娘は、親子ほど年齢の離れた男性と、子連れで三回目の結婚をしましたが、これまでの結婚生活のなかで、最も安定しています。長女は、愛する男性の子どもを産み、相手は独身でしたが、入籍はしていません。彼女が身ごもったとき、井上さんは「自分の母親と同じで淫乱だ」と見下しましたが、私は産むことを強く勧めました。

「人を好きにならない人生よりも、好きになって傷つく人生を選びなさい」

娘たちにそう言っています。

これからの時代は、一人ひとりがいかに自分の愛のかたちに、自信を持って生きていくかが問われると思います。そして、その愛のかたちに対して、他人がとやかく言う資格は何もない、と私は考えています。

愛は、倫理観の枠組みのなかに
あるのではなく、
人の心のなかにある。

長女は入籍せずに愛する男性の子どもを産み、
末娘は親子ほど年齢差のある男性と
三回目の結婚をした。

ほどほどの家族関係がいちばん難しい

夫婦は、お互いを百パーセント信じて、百パーセント頼り切ることはしないほうがうまくいくと思います。嫌いな部分もいっぱいある、信じられない部分もいっぱいある。そういう部分があることもわかった上で、付き合うほうが長続きします。

私たち夫婦は、実生活だけではなく、将来の夢のなかでも同居していました。お互いがお互いを必要とし、仕事の夢を共有していました。しかし、長年の夢が達成されて、夢のなかの同居が消えてしまったとき、私たちは実生活に放り出されていました。

仕事の夢の実現のために、ギリギリの生活をしていたときは、ブラウス一枚買えただけでほんとうに嬉しかったことを思い出します。彼は、二本のネクタイを代わりばんこに着けて、必死で社会との接点を持ち続けました。その後、金銭的な豊かさ、名誉などの社会的地位、余分なものが実生活につけばつくほど、生活のありがたみは薄らいでいったように思います。

書くことや芝居を上演するという表現の仕事は、一銭にもならないもののなかに価値を見出す仕事です。お金は、ほどほどがちょうどよく、贅沢こそが私たちの敵だったのかもしれません。

ふと、夢を達成できずにいたら、私たち家族はどうなっていただろうと考えます。別れずに、最後まで戦っていたと思います。世のなかは間違っている、などと管《くだ》を巻いて、それこそ世のなかを敵に回す勢いで、家族は一層強く団結していたと思います。

しかし、今の物質主義社会で、昔のように家族が寄り添わなければ生きていけない環境をつくることは容易なことではありません。

家族関係も富も、ほどほどがいちばん難しい時代だと思います。

金銭的な豊かさ、
名誉などの地位、
余分なものがつけばつくほど、
生活のありがたみが薄らぐ。

ギリギリの生活をしていたときは、
一枚のブラウスを買えただけでも嬉しかった。

変化を恐れずに前へ進む

「こまつ座」を立ち上げて、私が初代座長を務めていたとき、井上さんは、それは毎回、上演を心待ちにしていました。

「役者が生で演じるとこうなるのか」と驚き、自分の書いた戯曲がたくさんの人の力によって「生きもの」になることに、たいへんな喜びを覚えていました。

だからこそ、自分の死期を知ったとき、闘病生活を送りながらも、真夜中に自分の戯曲と芝居への思いを、毎晩、電話で末娘に語り続けていたのだと思います。

私が離婚して「こまつ座」を離れたあと、座長は、井上さんから長女に引き継がれ、ちょうど、彼が末期の肺がんに侵されているとわかった頃、末娘に引き継がれました。

井上さんは、戯曲を何よりも大事にしていました。その背景に、芝居の持つ普遍性があったと思います。芝居は、過去、現在、未来の時間軸を超えて、その時代の「生きもの」として存続しえるからです。

そしてその存続は、作家の力でどうにかなるものではなく、その時代の人々の力によって生かされます。今の時代の人々によって生かされることで、次の時代の人々が生かしてくれます。

戯曲というのは、小説などとは違い、さまざまな分野の人々に委ねることで、生命を得る総合芸術の台本です。その時代に合わせて舞台装置は変わり、セリフも含めて調整がそのつどなされます。言い換えれば、作家の世界観を伝えるために臨機応変に演出することができるのが最大のメリットです。

歌舞伎などの、伝統芸能の演目を引き合いに出したほうが、わかりやすいかもしれません。歌舞伎は、初演した江戸時代から何一つ演出が変わっていないかというと決してそんなことはありません。当時のよさを残しつつ、セリフも含めて、近代的に変貌しています。時代に合わせて、常に変化することを恐れないから、歌舞伎は今なお人々に愛され、未来へと繋がっています。万人に愛され続けている『忠臣蔵』などは、そのいい例です。もし、一字一句、当時の戯曲どおりの正確さにこだわっていたら、今頃、残っていなかったことでしょう。

「こまつ座」にいる今の制作陣は、井上さんの最大の理解者です。

時代に合わせた変化を恐れず、一字一句の細かいことにはこだわらず、井上さんが伝えたいメッセージの本筋をもって前進してくれることを、私は陰ながら見守りたいと思います。

常に変化することを恐れないから、
今の人々に愛され、
未来へと繫がっている。

元夫は、戯曲に時代を超えた
普遍性が宿ることを願った。

第四幕

切っても切れない深い結びつき

家族の晩期

戦いに明け暮れて

泥沼離婚をしたあと、私たちは真夜中の電話を二十数年間続けていました。別れたときに、まだこれから書く予定だった戯曲が十本ぐらい残っていたことが大きかったと思います。私が資料を集め、筋書きについてもずっと話し合ってきたので、井上さんのほうからいろいろと相談の電話があり、著書も送られてきました。

『イヌの仇討』（一九八八年上演）については、仇討狂言について語り合ったことを憶えています。『太鼓たたいて笛ふいて』（二〇〇三年上演）は、従軍記者となった作家林芙美子の後半生を描いた話ですが、当初は異なる設定を考えていました。

『ムサシ』（二〇〇九年上演）にいたっては、『ドリームガールズ』などで知られるミュージカルの作曲家ヘンリー・クリーガーが、当初、軽井沢に滞在しながら作曲を手がけたいと申し出てくれたことから、そのために軽井沢に別荘を購入しました。

今振り返れば、あの二十数年という歳月は、お互いの憎悪を浄化するために必要な時間だったのかもしれない、と思います。冗談を言い合い、ふざけ合っていたときは、単なる仲のいい友人同士でした。

そして最後は、彼自身が死に近づいていたことを悟っていたように思います。「こまつ座だけは潰したくない」と繰り返し私にも話していました。

思えば、結婚していたときも、夫婦としてこまかい機微をともにしていたわけではありませんでした。ともに戦いに明け暮れていた、と表現するほうが適切だったと思います。そして最後は、内ゲバで終わった。平和であるべき家庭を主戦場として、数え切れない修羅場を演じました。

戦いに明け暮れた私が学んだことは、ごくあたりまえのこと。

人との絆を大事にするということです。

人は、よくも悪くも、人によって喜び、悲しみ、怒りなどの感情がもたらされます。そしてその人との絆で生きています。

老いるにつれ、心を傷つけ合った人だからこそ、絆を大事にしようと私は思うようになりました。傷つけ合うほどに、真剣に向き合った人だからです。そう滅多にあることではなく、夫婦としての別れはどうでもいいことです。

私の生きかたにも変化が生まれています。

真剣に向き合い、
心を傷つけ合った人だからこそ、
絆を大事にしたい。

泥沼離婚をしたあと、
元夫婦は真夜中の電話を
二十数年間続けていた。

せめて、さようならを

娘たちが泣きながら、病院から電話してきました。

末期がんで入院した父親の見舞いに訪れたら、「会う資格がないから」という理由で、面会を拒絶されたと。「娘、というだけで資格は十分にあるのだから会いなさい」と私は言いましたが、長女と次女はあまりのショックで、電話の向こうでただただ泣き崩れていました。

人が最期を迎えるときというのは、血を分けた肉親との縁に区切りをつける瞬間でもあります。私は、お互いが今生の別れを交わすことは、生命の重要な儀式だと思っています。

入院したばかりの井上さんは、気丈にも、あるいは無情にも？「会う資格がない」と言った。その後、書くことも、話すこともままならなくなった死の直前、はたしてほんとうに血を分けた娘たちに会いたくなかったのかというと、彼の本心は誰にもわかりません。あれだけ可愛がっていた長女と次女に会いたくなかったわけがないというのが、私の正直な気持ちです。二人はお通夜、葬式にも招かれることはありませんでした。

しかし、世のなかを見まわすと、娘二人に起きたことは、決して珍しいことではないことに気づきます。

老齢の男性と再婚した若い女性が、夫のきょうだいには一切、夫の死期を知らせずに、密葬を済ませて雲隠れしたという話や、長年連れ添った夫に愛人がいた妻は、愛人とその子どもには死期が迫った夫と面会をさせず、お通夜と葬式も門前払いしたという話もよく聞きます。

私情を挟むのでしょうし、相続人は自分に委ねられた権限を勘違いして、振る舞うこともあります。

ただ、どんな理由があるにしろ、肉親の最期に立ち会わせない行為は、人としてやってはならないことだと私は思います。この世の肉親の縁を締めくくるどころか、怨恨を残すことになる行為だからです。

私があの世へ逝《い》ったら、井上さんに会って一言、言いたいと思っています。

「どうしてそんな下手な死にかたをしたの？」

家族であっても、予期せずして最悪な別れをする一例だったと思います。

今生の別れを告げるのは、
生命の重要な儀式。
それを阻止する行為を
肉親はやってはならない。

父親は、長女と次女との面会を拒絶した。
最期の別れを交わすことなく、父親は逝った。

娘たちへの贖罪

娘たちには、いろいろな苦労をかけてしまいました。

普通の家庭は、子ども中心に生活をしているので、子どもの成長とともに家族の思い出が共有されていると思います。私たち家族は、井上さんがどの作品を書いていたかで、家族の歴史をたどります。

たとえば、家を建てたのは娘が何年生になったとき、と思い出すのではなく、この作品を書いていたときに建てた、という具合です。

親として、娘たちに十分なことをしてやったとは言えません。実際に、小学校の下校時間に急に雨が降ってきたので迎えに行ったら、すでに娘は中学校へ上がっていた、ということがありました。仕事中心の生活をしていた両親のもとで、娘たちは寂しい思いをしていたのかもしれない、と今になって思います。

そんな娘たちも、もういい歳で、彼女たちにしてやれることは、今の私にはあまり残されていません。

ただ、「自分の人生は、自分で決めなさい」と見守るだけです。

数年前までは、毎年お正月になると、三人の娘が揃って、みんなでお祝いをしていました。しかし「こまつ座」の座長が、長女から末娘に代わってからは、彼女たちは日にちが重ならないようにして、私の家にやってきます。

長女にしてみると、妹から事前の相談も何もなく突然、解雇されて追い出された。それも、かなりの部分は父親の誤解によるもの。妹にしてみれば、父親に突然、やるようにと言われたから引き受けただけ。

突然の交代劇に、どうして姉妹が話し合わなかったのかと、私は憤りを覚えましたが、今は、末娘に委ねた井上さんの考えが理解できます。

仲よしだった三人の娘は、別々に私に連絡をしてくるようになり、私は扇の要のような役割をしています。

母親というのは、いつだって港に立つ灯台のような存在だと思います。舟が難破したら、手を差し伸べる。それまでは、いつ難破するかわからない娘のために、そこに立ち続けて、光らしきものを放っているほかありません。

ただし、四人いる孫は別です。

私は、おせっかいなくらいに、口も手も出しています。

生まれたときから、ずっと面倒を見ているので、可愛くてしかたがありません。そこにはやはり、娘たちにはしてやれなかったことへの贖罪《しょくざい》が大きいように思います。孫が生まれてからというもの、私の生活は、どんなに仕事が忙しくても、彼らを優先してきました。幼稚園、学童保育、どこへでも私は嬉々として迎えに行きましたし、離乳食をはじめ、ずっと私の手料理を食べさせてきました。孫たちにとっての懐かしい味は、私の料理だと自負しています。

そんな孫たちも、今では、下は大学生から上は社会人になりました。私の家には頻繁に遊びに来てくれますので、最近は、みんなで「生命」の話をよくしています。身近な人の死、報道で知る過労自殺やいじめなど、さまざまな事件を緒に一人ひとりが自分の考えを掘り下げて発言しています。

この団欒《だんらん》するという習慣は、井上さんとの五人家族のときに始まったものです。孫が真剣に話をしている横顔を見ながら、三世代にわたってこの習慣が引き継がれていることを私はありがたく思っています。そして私たちはたくさんの本を読みます。これもまた、彼が教えてくれたかけがえのない習慣です。

元夫が教えてくれたかけがえのない習慣を孫たちが引き継ぐ。

母は親として娘にしてやれなかったことで、孫に対して本領を発揮している。

人生の不思議に呆然とする

人生はつくづく不思議だなと思います。

昔、母親が幼い子どもに歌い聞かせた子守唄が、親子の絆づくりをしていたことを思い起こした私は、子守唄の保存とその意義を伝えるために、二〇〇〇年、日本子守唄協会を設立しました。

親と子の絆づくりの一助になればと願って始めた活動でしたが、なんと、私たち親族の絆をも引き寄せてくれたのです。

今ではお互いを「新親戚」と呼んで、お付き合いをしています。

それは数年前、日本子守唄協会のイベント後の懇親会のときでした。

一人の美しい中年女性が私に声をかけてきました。

「実は私、井上ひさしさんの母親マスさんの親戚です」

その女性の話では、マスさんは小田原の鈴木家に嫁いだ人で、鈴木家一族みんなが、私に会いたがっているとのことでした。

「私でいいのでしょうか？」と尋ねると、「ええ、西舘さんしかマスさんをご存じないでしょうから、是非お会いしたい」と言われました。

後日、マスさんが嫁いだ鈴木家の本宅を訪ねると、そこは小田原城の造園も手がける一族の立派な邸宅でした。一族が出迎えてくださり、マスさんの戸籍を見せてくれました。

マスさんは、廣澤という家の養女でした。戦時中、廣澤の家から鈴木家と養子縁組をして婚姻していました。マスさんはずいぶん変わった人だったようです。

一年ぐらい経つと、ある日忽然と消えてしまったそうです。

マスさんの夫をはじめ、みんなが必死に捜しても、戦時中の混乱にまぎれて行方がわからなかったそうです。

ようやくマスさんを発見したときには、なんと、井上ひさしの母親、井上マスになっていたそうです。彼女は本を出版するなど、メディアに出ていました。

鈴木家では、名前は井上マスになっているけれど、行方をくらましたマスさんだとすぐ気づいたそうです。しかし、小田原の鈴木家でいじめられたなど、事実無根の報道がされていました。流行作家の母親マスさんとして、充実した生活を送っている様子だったので、鈴木家はあえて名乗り出るようなことはしなかったそうです。

つまりマスさんは、すでに結婚していたのです。既婚者だったから、ひさしさんの父親、井上修吉さんと結婚ができなかっただけだったのです。

井上家は、籍の汚れは家の恥と考えていた旧家でしたので、なんとしても長男の嫁、マスさんを入籍させたかった。しかし、戸籍がどこにあるのかがわからなかった。ひさしさん兄弟を婚外子にするほか手がなかったのです。

マスさんが結婚を隠していたことは、彼女の戸籍が語っていました。

戦後、マスさんの夫鈴木さんは再婚しましたが、マスさんの行方がわからなかったことから、彼女を除籍するようなことはせず、ちゃんと残していました。

井上さんは、『四十一番の少年』『あくる朝の蟬』という自伝的小説を残しています。そこには、母親がいじめられて結婚が許されなかったから、自分は婚外子になったと、父親の家族への恨み辛みが書かれています。

真実は井上ひさしの小説より奇なり。

あの世へ逝ったら、何も知らない井上さんに伝えなくてはと思っています。

小説家
井上ひさしの真実は、
小説より奇なり。

実母は既婚者だった。
だから実父と結婚できず、
息子は婚外子になった。

家族から宙ぶらりん

私が初めて井上マスさんに会った場所は、岩手県釜石市でした。結婚の挨拶をするために、最初は、井上さんと二人で訪ねる予定だったのですが、どういうわけか、いつのまに私一人で会うことになりました。

当時、マスさんは、釜石でバーを開いていました。黒の地のきものに紫色の角巻を全身に被り、髪を高く結い上げた姿で、駅まで迎えに来てくれたことを憶えています。

このとき私は、井上さんの家にお嫁入りするつもりでしたから、どこに婚姻届を出したらいいかを相談しました。すると彼女は、結婚という制度は嫌いだ。無政府主義の大杉栄と伊藤野枝だって、籍には入っていない。籍なんかどうでもいいではないかと言いました。しかしその後、長女が生まれることになり、長女のためにも戸籍は必要でした。苦肉の策として、井上さんが私の本籍である内山家に入って夫婦になることを考えました。再び、私は自分の両親とともに、マスさんを訪ねました。彼女の返事は「養子だろうがもらい子だろうが関係ない」。要は、どうぞご勝手に、ということでした。

マスさんについては、井上さんが『烈婦! ます女自叙伝』という短編を書いています。事実としてわかっていることは、彼女は鈴木家を家出したあと、接骨院で働いていました。その接骨院で、文学青年の井上修吉さんと知り合い、恋に落ちたようです。ところが修吉さんは結核性カリエスを発病し、療養のために山形県東置賜郡に帰郷することになります。彼は旧家の長男で、マスさんも一緒に帰って、そこで三人の息子をもうけました。しかし、修吉さんは、井上さんが五歳のときに病死してしまいます。

その後、彼女は新しい男性と同居し、その男性から、井上さん兄弟は暴力を振るわれました。やがて、マスさんは別の港湾労働者の男性を追って、長男だけを連れて、岩手県の港町へ移り住みます。井上さんが十五歳のときで、井上さんと弟は家に取り残されます。何かにつけて世話をしていた修吉さんの母親が、一人を見かねて、施設に預けました。

私は、どうして井上さんは、女性がお酒を飲んでいる姿を淫乱、陽気に酔っている女性は男を誘っている、と思うのかがわかりませんでしたが、おそらく、マスさんのバー経営が関係しているのだろうと思いました。

男性というのは、井上さんが凄腕として描いたマスさんの伝記からもわかるように、とかく母親を美化したがります。と同時に、彼は母親に起因する女性不信も抱えていたのでしょう。

子どもには、自分の根を下ろすことのできる家族が必要です。

そうした家族がいないと、自分自身の存在を宙ぶらりんに感じます。

だから井上さんは、自分の根を下ろす先を、書くという行為のなかに必死で見出そうとしていたのかもしれません。彼は、常に何かを書いていなければ、自分ではいられませんでした。そうして生み出した作品は、それこそ彼を裏切らない家族だったのかもしれないと思います。

子どもには
自分の根を下ろすことが
できる家族が必要。

息子が五歳のとき、実父は病死。
十五歳で、実母が家を出て
施設に預けられた。

老いてからの再婚

私と今の夫はお互いに再婚者同士です。

お互いの領域には入らず、距離感を持って付き合っています。

相手を突き放すという意味ではなく、相手を認めた上で、余計な口出しをしたり、おせっかいを焼いたりしないようにしています。最も長く一緒にいる他人ですから、夫婦は、最もたいへんな人間関係だと思います。

適度な距離感を保つことも大事ですし、お互い刺激して、育て合いをすることも、関係を長続きさせるコツだと思います。そのためには、夫も妻も、それぞれが自立している必要があります。さらには、常にどこか気を引かせる、ミステリアスな謎も秘めていないと飽きてしまいます。

適度な距離感、夫婦の育て合い、夫と妻の自立、ミステリアスな謎。こうして思いつくだけでも、四つの要素を持っていないことには、夫婦を続ける魅力に欠けます。夫婦をまっとうすることは、それこそ大事業を成し遂げることに等しいのではないかと思っています。

結婚は、そんなに安穏としたものではありませんから、人間としていちばん活力のあるときにするほうが、生物としてはいいと思います。

私などは生物としては老いているのに、この頃は、どうして自分が再婚しているのか、意味がよくわかりません。

純粋に本気で好きになったとか、自分を完全に理解してくれたから一緒になるという再婚はあまりないように思います。男性のほうは、老いの不安と孤独感から、若い女性と一緒になることが多いようですが、後妻業という言葉もあるくらいですから、最後は地獄を見る男性も跡を絶ちません。

自立した世界を持っていて、自らを養うだけの経済力がある人は、再婚というかたちは選ばないのではないでしょうか。

夫婦をまっとうすることは、
大事業を成し遂げることに等しい。

夫婦を続けるのに役立つ四つの要素。
適度な距離感、夫婦の育て合い、
夫と妻の自立、ミステリアスな謎。

家族の本質は別れていくこと

家族っていちばん面倒くさい人間関係です。

面倒くさいからいらない、ではなく、面倒くさいなかで、どのように折り合いをつけるか。これから、ますます課題になると思います。

「結婚適齢期だから」「子どもが生まれるから」という理由だけで、結婚するのか？　と疑問を持ち始めている人も増えています。

離婚にしても、私が離婚した三十年前とは世のなかも変わり、悪いことだという倫理観はありません。

「子どもが成人するまではかわいそうだから」

「親が揃っていないと、子どもの受験や就職に不利だから」

と、ひと昔前は別れずに我慢した夫婦も多くいましたが、今は小学生でも、両親が離婚している子どもは珍しくもなんともありません。

家族のありかたは過渡期にあります。

そしてそこには、家族はいつまでも温存させるもの、あるいは、うまくいかなければならないもの、という概念がなくなっています。

家族の一員である前に、自分は一人の自立した人間だという意識が強くあります。経済力さえあればすぐにでも別れたい、と思っている男女は多いのではないでしょうか。

日本は今、「すべての女性が輝く社会づくり」を目指していますから、自立した「個」の生きかたを尊重するほど、家族というものが何なのか、よくわからなくなってきています。家族は社会の最小単位の集団で、「個」とは相反する位置にあるからです。日本でも、約三組に一組が離婚し、家族が次々に崩壊している現状は当然の流れです。

今の時代は、家族が家族でいられることが難しく、そうしていられるのは一時的なことなのかもしれません。家庭は、子どもという細胞分裂を起こす場だと考えれば、家族の本質は別れていくことにあるとも言えます。

何にも増して、今は、これまでの旧態依然とした枠組みから脱した、新しい家族観が望まれているように思います。

家族が家族でいられるのは
難しいこと、一時的なこと。
本質は別れていくことにある。

これまでの旧態依然とした枠組みから脱した、
新しい家族観が望まれている。

希望と絶望のあいだで

この世に、何一つ問題のない家族などないのではないでしょうか。大なり小なり、さまざまな事情を抱えていると思います。

近年の高齢化社会では、親が老いれば、誰が面倒を見るかで揉めて、死去したらしたで、家族は遺産相続争いをしています。いい大人同士なのに、些細なことで絶縁し、ちょっとした言動でお互いに恨み嫉《そね》みを買っています。

家族の脆さがこれだけ露呈されているのに、なぜ、私たちは家族というかたちにこだわるのでしょうか。

血が繋がっている、という大前提はもちろんありますが、家族に対する幻想もあると思います。

世知辛い世のなかで、家族だけは人間関係のユートピアを育むことができる。

そんな一縷《いちる》の希望と期待を私たちは抱いているから、絶望することがあっても、家族を続けているのではないかと感じています。

そしてもう一つは、老いるにつれ、人生をきちんと収束させたい、自分の子孫を残したい、と願う人間の本能も関係していると思います。

私などはその典型です。

どんなにたいへんだった家族でも、歳を取るにつれて、自分がこうだと思っていたものとは別の見方ができるようになります。そして、こういうことだったのかもしれないと別の一面にも気づきます。一種、自分の心の浄化作用も働いているのだと思いますが、過去を振り返る時間を持つようになり、いい思い出として残したくなります。

さらに、子どもや孫などがいたら、夫婦どちらかの容姿や性格を彷彿させて、家族は切っても切れないものだと、血の繋がりが念押しされます。

そもそも、家族とはどうあるべきか。

それは、人生とはどうあるべきか、という問いと同じで、人類永遠の謎だと思います。

私たちに手本となる人生の教科書などこの世にないように、こうすれば必ず家族は幸せになれる、あるいはこうすれば必ず失敗しない、といった鉄壁の法則などありません。さまざまな失敗をするのが人生だと私は思っています。

一千の家族があれば一千種類の家族。言い換えれば、それぞれ自分たちに合った家族をつくればいいのです。

私たち家族は失敗例の見本ですが、家族によってもたらされたひとときの幸福感は憶えています。その幸福感を心が愛おしく思っているから、残った私たち家族は、希望と絶望のあいだを行き来しながら、今も家族を続けているように思います。

一千の家族は、
一千種類の家族。
それぞれに合った
家族をつくればいい。

こうすれば幸せになれる法則はない。
さまざまな失敗をするのが人生。

男女を超えた深い結びつき

嫌なこともいっぱいあったはずなのに、それよりも楽しかったこと、面白かったことを、夢のなかで思い出すようになりました。

夢から覚めて、「そういえばそんなこともあったわね」と一人でクスッと笑ったり、思わず涙をこぼしたりしています。「ところで、今どうしているの？」と亡き人に話しかけることもあります。

祖母、両親など親族、井上さん。みんな他界したあと、私の心のなかで生きています。井上さんに対しては、懐かしさが膨らんでいます。

「あれも書いておけばよかったね」と語りかけ、生きていたら「これどうやって書こうか」ときっと今頃、話をしていただろうなと、日曜日の昼下がりにビールを飲みながら、独り言を言っています。

これまでにも増して、私の心は井上さんを理解し、慕うようになりました。まさしく、老いることで得た恵みの時間を享受しています。

戦争のような日々があったからこそ、今こうして懐かしく思い出すことができるのだと思います。若かったとき、手にしたかったお金や地位は、この恵みの時間を前にすると、ちっぽけなものにしか感じられません。

深い思い出を私の胸に残したことが、何よりの私の宝となりました。

夫婦というのは、別れたあとも、その人の人生にまるで烙印を押したかのような存在となって残ります。

離婚してからの私は、姉夫婦から一軒家を借りて暮らしていますが、この家はかつて私たち家族五人が暮らしていた建売の家でした。娘たちはまだ幼く、末娘が生まれたばかりの頃でした。

家は丘の上に建ち、バス停まで歩いて十分かかります。

同じ道をいつも歩き、同じ自然の風景を目にして、ふっとした瞬間に昔の懐かしい日々を思い出しています。

仕事の話をしながら、ＮＨＫに行く井上さんをバス停まで見送り、私は買い物をしてから帰宅した日のこと。夜に大雨が降って、井上さんが帰宅できなくなり、今日は帰れないからＮＨＫに泊まります、という連絡をもらったこと。

私たちの家のすぐ横には神社の祠があり、二人で手を取り合い、「ずっとご飯を食べられますように」「直木賞を受賞できますように」と拝みに行ったこと。

日常の些細なことが思い出されます。

家が、お寺の裏手に建っているからか、あの頃は武士の夢を見たこともありました。昔から家の守り神と言われる蛇も住んでいました。縁起のいい家で、この家に住むようになってから、次々に私たちの願いは叶えられました。

私たち家族が充実した生活を送っていたその家に、今、私が暮らしていることは、何かの不思議な縁だなと思っています。

これまで私は、自分の生涯を賭ける勢いで、全人格を恥じらいもなく押し出してきました。昼夜関係なく、井上さんにいい作品を書いてもらうためだけに戦い、その戦果は書籍となって本棚に並んでいきました。私なりに最後まで戦い抜いたと思います。

戦場をともにした戦友は、男女を超えた深い結びつきがあると言います。私たち家族は、井上さんと私を隊長にした戦友だったのだと思います。

文字通り、傷も負ったし、血も流しました。

家族戦争を終えた今は、井上さんの書いた作品が次の世代に読み継がれ、多くの人に笑ったり泣いたりしてもらえることを、私は心より願っています。

家族との思い出は、
ありあまるお金や地位にも勝る。

老いてからは、
家族と過ごした時間を思い出すのが
何よりの宝物。

西舘好子（にしだて・よしこ）

一九四〇年、東京浅草生まれ。

ＮＰＯ法人日本子守唄協会理事長。

六一年、井上ひさしと結婚。三女をもうける。

八三年、制作集団「こまつ座」を主宰、プロデュース。

八五年、第二十回紀伊國屋演劇団体賞受賞。

八六年、井上ひさしと離婚。

八八年、「みなと座」主宰。

九五年、第三回スポニチ文化芸術大賞受賞。

二〇〇〇年、ＮＰＯ法人日本子守唄協会設立。

数多くの演劇の主宰・プロデュースを経て、幼児虐待、ＤＶ（家庭内暴力）など、子どもと女性の問題に取り組む。現在は、子守唄の普及を通して、親と子の絆、子育て支援の活動を精力的に行っている。

著書多数。

家族戦争
うちよりひどい家はない!?

2018年2月20日　第1刷発行

著　者　西舘好子
発行人　見城 徹
編集人　福島広司

GENTOSHA

発行所　株式会社 幻冬舎
〒151-0051　東京都渋谷区千駄ヶ谷4-9-7

電話　03(5411)6211(編集)
03(5411)6222(営業)
振替　00120-8-767643
印刷・製本所　中央精版印刷株式会社

検印廃止

ISBN978-4-344-03257-6　C0095
幻冬舎ホームページアドレス　http://www.gentosha.co.jp/

JASRAC 出 1800707-801

この本に関するご意見・ご感想をメールでお寄せいただく場合は、
comment@gentosha.co.jpまで。